U0452481

你曾来过

[杨秀晖 著]

四川党建期刊集团
四川民族出版社

图书在版编目（CIP）数据

你曾来过 / 杨秀晖著． -- 成都：四川民族出版社，2019.4

（珍珠湾文丛）

ISBN 978-7-5409-8267-6

Ⅰ．①你… Ⅱ．①杨… Ⅲ．①中篇小说－小说集－中国－当代②短篇小说－小说集－中国－当代 Ⅳ．①I247.7

中国版本图书馆 CIP 数据核字（2019）第 059966 号

NICENGLAIGUO
你曾来过
杨秀晖　著

出 版 人	泽仁扎西
责任编辑	周文炯
责任印制	谢孟豪
出版发行	四川党建期刊集团　四川民族出版社
地　　址	四川省成都市青羊区敬业路108号
邮　　编	610091
照　　排	成都天恒仁文化传播有限责任公司
印　　刷	成都市兴雅致印务有限责任公司
成品尺寸	145mm×210mm
印　　张	6
字　　数	157千
版　　次	2019年4月第1版
印　　次	2019年4月第1次印刷
书　　号	ISBN 978-7-5409-8267-6
定　　价	28.00元

本书如有印装质量问题，请与本社发行科调换

总　序

　　厦门历来是祖国东南的重要口岸，是与世界各地进行经济文化交流的重要门户。厦门文学自宋代开始，经过一代又一代文人的努力，已经形成自己的优势和特色。在当今中国实现国家富强、民族振兴、人民幸福的中国梦的伟大征程和现实语境中，面对新的生活实践，厦门文学的使命又有了新的时代内容——厦门市委、市政府高度重视文化事业，提出了推进文化强市建设，大力推进文化生态保护工程，弘扬闽南文化、嘉庚文化、海洋文化等传统文化的优势，着力打造厦门地方特色文化品牌的目标。而弘扬地方文化优势，树立文化品牌，文学是中坚力量，不仅体现在其自身的创作深度上，而且体现在对于其他艺术门类的影响和带动上。这样，新形势带给文学新生机，也给厦门文学发展提出了更高更新的要求。

　　为了繁荣我市文学创作，提升厦门文化软实力，推动社会主义核心价值体系建设，构建社会主义和谐社会，全面推进厦门文艺事业发展，同时也为了发现、培养、鼓励文学新人，大力推进厦门作家队伍建设，厦门市文联拨付专项资金，大力扶持厦门青年作家的作品出版，资助的作品体裁包括小说、散文、诗歌、报告文学、儿童文学、文学评论等。因厦门市文联办公地点毗邻美丽的珍珠湾海滩，我们将该青年作家扶持文库命名为"珍珠湾文丛"。

"珍珠湾文丛"每年度出版一辑，每辑收录作品十部以内。期待每年推出的"珍珠湾文丛"，能不断地为厦门市文学生态注入新鲜血液；厦门青年作家的写作实绩和专业水平，也会通过文丛得以全面展现。

这是文学的信心和希望，春种秋收，让我们乐观其成。

厦门市作家协会

/ 序

必能到达彼岸

林志远

多年前,我和画家胡智勤、诗人张茹芹到杨秀晖老家做客。我们东行而去,来到九龙江南溪江畔浮宫镇,只见江水把小镇环住,那景致的确像浮在水上的宫殿。那是一个有阳光的冬天,江边古码头,两岸江草绿绿,电船舒缓滑着江流,远山含笑,一条黄狗跟在我们身边。从小,杨秀晖在九龙江畔像植物一样生长,水给她灵性,水边出才女。

从浮宫顺江东去不到百里,便是厦门,经济特区开放大潮有如潮汐,每天溯江而上来到浮宫小镇,撩拨着一个少女的心。那一年,杨秀晖才18岁,却决定离开人人欣羡的前程稳定的公职,化作一滴水,顺潮东向,到发烫的特区去弄潮。思想定,眼界宽,这个杨秀晖,从来都知道自己要什么。

"林老师,我要出小说集了,想请您给它作序!"接到她的电话,我愣了一会儿,在我印记里,杨秀晖是散文高手,她那部《以爱之名》散文集,文字如清水芙蓉,读之如沐春风秋月。但,写得好散文,不一定写得好小说,小说需要人物、情节、技巧,并不能似散文信手拈来。再说她哪有时间,她是策划总监,她是两个孩子的妈,她工作之余还当作文讲师。

然,她的书稿确实摆在了我的案头,十多万字,是熬过无数个暗夜的结晶,也是一个人在万籁静寂时的自我坚持。这部由政府出资扶持出版的"珍珠湾文丛",经过公平公正繁杂程序评选,几部入选作品的质量和规格都很高。杨秀晖能获全票通过,实属不易,很见功力。

细想起来,我跟杨秀晖是忘年交!那一年,《厦门日报》星期天头版刊载了她写的人物通讯——《一代名伶庄少全》。这是一个我很熟悉的人物,他在舞台上长袖善舞数十载,名声远播海内外,如此全面而透彻的报道,还是第一次看到。在专版文章里,杨秀晖写透了芗剧名伶庄少全的跌宕人生,文字老道,惹人感怀,她在结尾这样写道:"有的人,了解越深失望越深,相逢不如淡淡一笑;而有的人,一旦走进交集里,便再也无法忘记。"

那时,我想作者一定是位历尽沧桑的老者。

第一次见面,我有些不相信:你就是杨秀晖?

对呀!她轻轻地笑着,纤秀,文静,脸上写着灵气与干练。

我真没想到你这么年轻。

我是1979年的马尾巴。

那才比我女儿大一岁呀。

2001年,我离开厦门电视台下海经商,初创公司不能养太多人,我请杨秀晖为我写解说词稿,她出手极快,质量却不低,也不计较稿费。就这样,杨秀晖成了我公司的编外要员,每当节日聚餐,酒桌上一定要有她,虽然她从来也不喝酒。

2003年的一个周末,杨秀晖突然来到我办公室,说,我想采访您。

记得当时,我说,现在还不是时候,是真名士自风流。

你就谈谈你怎样采写六集纪录片《陈嘉庚》的感受嘛。说着,她已把一根录音笔"咯当"放在黑色桌面上。这动作绵里藏针,看来不妥协还下不了台,只好陪她唠了一个下午。

一个月后,杨秀晖来电话,林老师,您已经被评为首届感动厦门十大人物二十个候选人之一,上个月采写你的那篇稿,明天

《厦门日报》见报。后来，我成了首届"感动厦门'2003'十大人物"，与郑小瑛、侯斌等，一起站上高高的领奖台。这之后，不管在哪个场合，我都要提到这是杨秀晖的功劳。

此番作序，我极用心，细细读了杨秀晖的作品，翻来覆去好几遍。第一篇《救赎》，开篇文字便抓人，"山上有座庙，葛云磊经常去那里，山路尽头杂草丛生，繁盛的泡桐叶间隐约可见雕檐彩壁。庙不大，神很少，香火也不旺，程局却很喜欢，许是因为偏僻，不容易遇见熟人，葛云磊自然也成了那里的常客。"行文硬朗、帅气，一剑封喉，洗去先前的花粉轻薄，犹如她经历岁月，洗净铅华，走进生命黄金期。

"栀子花已经全部萎谢，连叶片都黯淡无光，季节催花老，还能等待来年，而青春如小鸟飞走，永远不会再复返。"读到这时，声、光、色，纷至沓来，行文有元曲的韵味。

原来，我的担心是多余的，会写散文的杨秀晖，其实也是个会讲故事的高手。在《你的名字》里，她用了倒叙的写法，以女主人公谈天得到程远风去世消息起篇，连夜赶来，看见他家里的墙面，都是自己的名字，故事由此展开，中间缠绵悱恻，明明相悦，却求而不得。最妙的是结尾，满头白发的程远风妈妈不解地问谈天："小姐，你能告诉我那两个字，写的什么吗？"谈天落荒而逃，电梯门关上的刹那，忽然泪如雨下。

看到这里，我抬起头，久久喘不过气，吐了一声：好一个杨秀晖，你这根笔，真是生花妙笔啊！

"从前车马慢，书信远，一生只够爱一个人。"这是木心一首小诗里所描绘的情景。情义悠长，人世纯美，说跟你一辈子就是一辈子，穷死饿死也甘心。

但，杨秀晖笔下的每一个人物都保持了天性里的善良与纯美。在《微澜》与《相逢》里，讲述了两个相类的情感失控故事。前者是新缘，后者是旧识，因为爱，因为听从本心的选择，便有了逾矩越雷池的可能。然而就在最关键的时候，良知总大于诱惑，女主角的心是风骨柔媚的远山，你不知她究竟做何感想，却看到她义无反顾地离开……情愿跌跌撞撞生活，也不愿意去把幸福建立在别人的痛苦之上。他们既坚持理想又为爱冲动，从不予取予求的真性情，像极了作者内心的投射。

　　杨秀晖待过台企，做过记者，也当过编辑。特区水深，灯红酒绿，诱惑不断，陷阱难防，她的阅历越来越多，职位越来越高，却始终是我记忆里那个秀丽的少女，纯真善良还很仗义。她写公号，读者成了她的知交，将自己幸与不幸通通倾诉。有时深更半夜，知交微信，哭哭啼啼，她就耐着性子陪聊，减少对方痛苦，当然这些后来也成了素材。杨秀晖的祖父是郎中，留着胡子在浮宫小街开药铺看病抓药，现在，家里许多亲戚也都当医生悬壶济世。我觉得杨秀晖也是医生，她给人的灵魂看病，这本书里的一篇篇小说，就是一道道的治病良方。

　　但，文学毕竟是文学，作者笔下理想化的故事在现实生活很难找到实证，而这也恰是文学作品的可爱之处，因为不容易得到，因为没有阴暗面，才显得弥足珍贵，才能给人以真善美的心灵洗涤！

　　那就让我们一起走进《你曾来过》，去探访杨秀晖的爱情乌托邦。

林志远
首届"感动厦门十大人物"
十二集文献纪录片《项南》总编导
中国金鸡百花电影节第三届国际微电影展映优秀作品获得者

目 录

CONTENTS

救　赎 ……… 001
我曾许下的愿望 ……… 010
传　说 ……… 019
彼　岸 ……… 027
相　逢 ……… 034
我和世界之间，隔着一个你！ ……… 041
你是那个送快递的 ……… 048
记得当时年纪小 ……… 055
你的笑对我一生很重要 ……… 062
爱在青春版图上 ……… 070
告　别 ……… 077
适我愿兮 ……… 086
爱情不惑 ……… 093
微　澜 ……… 100

凭　借 ……… 106

距　离 ……… 111

江　湖 ……… 117

含笑花开 ……… 124

种一棵树在心底 ……… 131

找一个人告别单身 ……… 138

与春天结缘 ……… 144

你的名字 ……… 150

双鱼岛之恋 ……… 157

你曾来过 ……… 164

人间颜色 ……… 171

爱是你心里的力量 ……… 179

/ 救 赎

爱不仅仅是拥有和索取,爱应该是成全、是放下,是明知不能在一起,却希望爱的那个人,万事顺意!

1

山上有座庙，葛云磊经常去那里，山路尽头杂草丛生，繁盛的泡桐叶间隐约可见雕檐彩壁。庙不大，神很少，香火也不旺，程局却很喜欢，许是因为偏僻，不容易遇见熟人，葛云磊自然也成了那里的常客。

跟程局的关系不是一天两天，葛云磊很清楚这段感情的虚无，但，她好像并不在意婚姻会以何种形式存在。正当好的年华，身世坎坷，母亲早逝，父亲失踪，听说在另一城市另娶，从此不再出现。葛云磊由外婆带大，遇人不淑，快速离婚，好不容易过五关斩六将考进媒体单位，却受迅速崛起的自媒体冲击，每况愈下，主任还日日挤对她，巴不得她赶紧走，好让自己的侄女过来补缺。

有的时候，当人生灰暗时，连一点微光都不透。

程局就是在这时出现的。某展会的论坛上，他妙语连珠，洋洋洒洒脱稿一个小时，最后的答记者问环节，表现更是出彩，葛云磊有点调皮地抛出许多高难度问题，对方都稳稳接住，与此同时，程局望向这位女记者的眼神，不易察觉的有些飘忽。

后来，程局把半山一套房的钥匙交到了她手上，外加一张大额信用卡，薄薄的存折上，数额惊人。葛云磊有些踌躇，但也知道，没人再能给她穿小鞋，陌生的城市忽然有了一点温暖，外婆终于能用进口胰岛素，去平衡糖尿病的指标。

寒窗20载，最后却沦为小三，这肯定不是葛云磊想要的。但是，这世间物欲横流，社会价值观紊乱，同窗十载的前夫，为了一个家世显赫的女子，不也一样高调出轨离婚。人人利益的现世，大概就是这样的吧，柔弱的葛云磊知道自己不能改变什么，但她特别想站到高处，去报仇雪恨和扬眉吐气。

程局一进庙，便热衷于秉香，热衷于跪拜，热衷于抽签卜卦问仕途。科级想变成处级，处级想调成局，局上面还有部，权力财富地位，都是男人追求的标配。溯上之路需要天时地利人和，程局把佛教当成了信仰，把信仰当成了依附，把依附当成了舒缓工作压力的强效润滑油。有时候，葛云磊会怀疑，他对佛教的依恋会不会胜过自己？

每次进庙，葛云磊都会习惯性地抬头看进门的那尊佛，佛相年代久远，面容上带了很模糊的笑容，他每天都是在这样的万丈佛光里，微笑地看着前来要求的众生。对于佛，对于人生，她没有过多要求，事已至此，万念皆休，连委顿都仿佛顺理成章。

2

程局祭拜和打坐的时候，葛云磊遁出来，站在泡桐树畔，俯瞰山下，风吹如缕，乱了发丝，她并未去理，看着如火柴盒般的阡陌村舍，心中有些寂寥。这样寂寥的表情，和散淡的夕照融合在一起，全部被余平安的镜头收拢，他偷拍了她，一张两张三张。

葛云磊很快发现，目光尖锐地射过去，问，你有什么企图？

余平安躲闪不及，或者他根本就不想躲闪，从大大的相机后面露出笑脸，说："我是余平安，我从外地过来摄影采风，借住在庙里的斋房。"葛云磊上下打量他一番，白色的麻布衬衫，牛仔裤，脚上是一双帆布鞋，目光干净，笑容简明。

余平安举起相机伸过来，挂绳还绕在脖子上，她侧过头去，看到了相机里的自己，轮廓分明的侧脸，鼻梁很高，发丝被风吹散，在镜头里灵动飘逸。

"你的五官很欧化，轮廓深，拍起来真好看。"余平安说得真诚，有刚拍下的照片为证，这话听起来也具有相当可信度，葛云磊放下心来。傍晚最美好的光线下，被晒了一日的山释怀冷静，满山的树木和野花，散发出清新的草香，让人心旷神怡。俩人在石桌旁坐下来，掏出手机互扫微信，葛云磊的披肩发拂到了余平安的手臂，痒酥酥的。

晚上，余平安就把照片都发了过来。沉思的葛云磊，出神的葛云磊，落寞的葛云磊，似乎通身都被淡淡的轻愁笼罩，在夕阳的余晖下散发出我见犹怜的韵味，让人心疼，而，唯一带笑的一张照片，露出两颗小虎牙，笑得毫无城府，笑得春风沉醉！

3

盛夏，省委书记一次参观视察后，程局开始筹划转正之路，与葛云磊在一起的次数明显减少，他说候选时期里需要暂时收敛自己的情绪。是的，情绪，葛云磊明白政治是一门学问，政治不容许有绯闻，但她还是失落于他用"情绪"这个词来概括两个人之间的关系，仿佛只是一场感冒，随时可能患，随时可能好。

程局去了北京，临上飞机前匆匆来一条信息，打过去时已经关机了，葛云磊也不想再打，她一个人去"康仙祠"，站在佛像前，手捧佛香，点燃轻烟袅袅。她不知道自己要求什么，心里空空的，只有在每尊经过的佛前驻足，说一声"佛祖保佑"，然后走开，继续到下一尊佛前，依然是那句简洁而苍白的"佛祖保佑"。

离开主殿去偏厅时，她碰到了余平安。

葛云磊一笑以示打过招呼，然后继续双手合掌，"佛祖保佑。"

余平安说："佛祖保佑，这句话范畴太广，无所求，无所不求。"

"我自己确实也没什么好求的，难道要说，五谷丰登，国泰民安？"葛云磊有些狡黠。

余平安笑了，眼睛里像有一片海，深邃辽远，此时一阵风吹来，浪花拍岸，气氛漫漶。

两个人不约而同往后山走，一前一后，仿佛约定。山路未垦，石阶错落，余平安走几步就要回过头来，刻意等葛云磊，怕她的高跟鞋会不会踩到石缝中去，他还担心她脚疼。而葛云磊毫不为意，她脱下鞋，亦步亦趋，直到后山一大片的野栀子扑入眼帘。此时，阳光晴好，野栀子白色的单瓣花朵在绿叶烘托下，圣洁耀眼，散发着浓郁的香气。

这是年少时最熟悉的味道，每逢花季，外婆总是会摘来一大捧栀子花，用油瓶插着放在家里。还会用栀子花做很多菜，清炒凉拌煎蛋炒肉，在小小的葛云磊眼里，栀子不仅是花，它还是一道道美味，温暖了她整个困顿的少年时光。

余平安在后山的斋房，升火给葛云磊做饭。大锅大灶，他用得并不熟悉，浓烟呛人，引发他不停歇地咳嗽，又急急用火筒去吹火，烟灰扑面，抹一把就成了花猫脸。当他把一盘栀子花煎蛋端上来的时候，葛云磊忽然就怔住了。物换星移，人世动荡，她离家数载，阔别故乡一草一木，却在这一刻，一个陌生人用一道梦里勾魂的美味，把少年时代深重的记忆，全部洞开。

她想带他回家，想请他喝外婆寄来的梅子酒，在这座城市里，她几乎没有朋友，和程局两年，她清楚自己再不能走在阳光下和别人坦诚相见吐露心迹。然，面对余平安这个陌生人，葛云磊觉得很安心，虽然她并不知他的来历，生平，何方人氏，工作几何。但，她就是觉得他值得信任倚重，可以对着他言无不尽，哪怕把自己最深层的秘密全部抖落。

半山的豪宅，高雅阔绰，三房两厅，简约的装修风格，房顶漆成灰色，地板是清水泥面，空旷清冷。程局从不过夜，也没有在此留下多少痕迹。余平安没多问，他听着葛云磊讲小时候的故事，有时欢喜有时忧愁，两个人相谈甚欢，直到夜色深沉。余平安明显不想走，葛云磊也意犹未尽，你一杯我一杯，不胜酒力的她很快醉了，半梦半醒她一直在说话，从小时候说到外出求学工作又说到结婚离婚，也说了与程局的这段孽恋。在梦中，她懊悔得连自己的嘴唇都咬破，留下满口血腥味。

醒来时葛云磊发现自己睡在床上，身上盖着薄薄的珊瑚绒毯，空调室温27度，衣服纹丝不动。余平安趴在厅里的沙发上，手长脚长睡姿难看，却让人觉得心安。

4

程局去了一个月有余，音讯全无，连葛云磊的生日都忘得一干二净。倒是余平安大清早就提了菜来,在厨房里大肆忙碌。

他自己烙了饼,特有的湘味,带着一点点干椒的香,让人垂涎。晨起摘来的栀子花,和肉片一起做成汤,干贝蒸了茶油蛋,小绿笋泼辣子,竟然还有一碗云丝肉沫面。葛云磊站在满桌锦绣前,赞不绝口,她拈起一张饼,夹起青菜往中间放,然后匀一勺子酱上去,卷成长条状,一口接一口咬着吃。又用勺子舀起汤,边呼气边送进嘴里,烫得直咧嘴。

美味让美女变成馋猫,余平安乐得合不拢嘴,他坐在对桌,牵起嘴角,真挚而理所当然地说:"吃慢点别噎着,都是你的,又没人跟你抢。"

葛云磊的勺子跌进碗里,眼泪跌碎在桌上,说:"你不知道,今天是我的生日,26岁。"

余平安忽然严肃下来,说了声,"我知道!"

葛云磊正意外,余平安又说:"你这么年轻,条件不错,为什么要过——这样的生活?"

这样的生活是什么样的生活呢?苟且的,隐蔽的,不光彩的。余平安想说的,葛云磊都知道,她也反思过自己问过自己千万遍这个问题。起初的确是为了钱,想扬眉吐气,想活得更好,想让外婆用更好的药。慢慢地也有些讨厌起自己来,年纪轻轻不思奋斗竟然做小三当寄生虫,让人不齿。但人非草木,相处久了,总会生出感情,程局没有主动提出让她走,如果离开就不道义。葛云磊并不是爱慕虚荣的女子,程局给的钱她大部分存着,信用卡也从来不刷,似乎,她只是拂不去从童年开始如影随形的孤独与卑微,需要借个肩膀来证实自己存在的价值和意义。

"你这样,是破坏人家家庭,对自己,也不公平。"余平安说得很为难,他明显是一字一顿地,在选择更好的劝解方式,怕她难堪。

但,不是葛云磊也会是别的女子,一个有钱有权的中年男人,内心深处欲望蓬勃,总是很容易把路走偏。对于年轻的葛云磊而言，800多个日日夜夜，她其实已经付出代价。

这一点，余平安应该也明白，他深深地叹了口气，"答应我，离开他，好好过自己的生活。"电炖锅里的乌鸡汤还炖着，散发着满屋子的浓香，餐桌正中，一盏灯打下来，橘黄色调，满室馨香，望着坐在对面的良人，葛云磊心中充沛着新生的喜悦，虽然，对于离开程局，此前她从未做任何准备，两年来似乎已经习惯了这种活法，明知不好却乏力改变，却忽然有一天，在别人充满善意和怜爱的提示下，好似一粒惊石投入生命之湖，泛起一圈涟漪，让死水复活，让自己雀跃。

饭后送余平安出门，两个人左右并行，中间隔着一个拳头的距离，月光如水，在树的枝丫间明灭交替，他们的影子被拉长投在身后，支离破碎，却有些惺惺相惜的感觉。

5

程局回来了，眉毛压着眼睛，仿佛一下子老了好几岁，也许在20多岁的人眼里，本来也是很容易把中年人看老的。但，他升迁的事明显办得不顺利，葛云磊想提分手的念头只好先按捺下来。

还是山上那座庙，还是那条熟悉的路，还是跪拜和打坐，在佛的微笑里，俗世尘土飞扬，飘摇着无穷的欲望。葛云磊一点都不想停留，径直去往后山。

栀子花已经全部萎谢，连叶片都黯淡无光，季节催花老，还能等待来年，而青春如小鸟飞走，永远不会再复返。葛云磊忽然惊惶，看到余平安才定下心来。此时，他正在扫院子，初见时简单的玄色麻衬衫，简单素净，通体发光。葛云磊眯起眼睛，在渐渐清朗的晨光中看着他，这个从天而降的陌生人，仿佛是佛祖世尊派来的仙使，渡人于泥沼，清水洗凡尘，把被蒙蔽的心荡涤肃净，从此照亮。余平安直起身时，也正好看过来，四目相投，波光潋滟，东升的太阳照着枯萎的栀子园，也照着伟岸的冬青树，破败和新生，仿佛是某种隐晦的存在。

如果，事情发展到这里，就此别过也算圆满。但那夜，程局要留在庙里祈梦，据说梦中所见的一切，能够判明方向，让仕途明朗。葛云磊本来想先回去，临时起意留下来，她希望能够找个机会，向程局说清楚自己的想法打算。黑夜让人放下伪装，葛云磊觉得，在佛前和他谈分手，相对也就没那么难。

一人分得一张草席一床被。程局为示虔诚，在佛相前的天井里露天而眠，葛云磊被安排进了侧殿的偏厅，并无机会再说话。半夜，香炉起火，蔓延烛台，又很快烧到左侧偏厅的莲花灯和圆木柱，正殿火光四起时，葛云磊正在酣梦朦胧之际，偏厅不消片刻便被火海包围，烟雾呛人，她边咳嗽边叫喊，却看到天井里程局一个打挺坐起，风一样夺门而出。

火势越来越大，葛云磊的呼吸越来越困难，思维也渐渐涣散，此时，有一个人冲进偏厅，用棉被裹起葛云磊，抱着她冲出门。火光袭天，天井近在咫尺，他们却没有跨出去，正殿顶上的横梁带着火光砸下来，在最后的一瞬间，余平安将葛云磊和着棉被推出去，自己应声倒下。

6

一年后，葛云磊出现在余平安的老家，四川省蒲江县，一个山清水秀的小县城，她费了很多心力，找到他原来开着的照相馆。小小的街道，店面逼仄，生意不好可以想象。

余平安的身世和葛云磊有点相似，父母在他读高中时车祸去世，靠姑妈的接济才把学上完。

所以，当姑妈说，姑父面临升迁，组织正在考察，必须"清君侧"时，余平安马上就同意了。

所以，山上庙宇的初相遇，是一个精心设计的情节和场景，余平安被安排住进后山，还得不能让程局知道。

所以，余平安知道葛云磊什么时候生日，知道她来自何处，喜欢什么小吃……他和余英是一个战壕里的合作者，齐心协力为了把小三引上歧途，然后诛而快之。

只是，余平安在实施"铲除计划"时，发现了葛云磊的身世，他懂她的不易、她的彷徨、她的不离开并不是贪图享受，也仅是一种报恩心态。

她的真纯美，那么让人心动，虽然，他知道他们之间不可能有将来，但他依然愿意为她赴汤蹈火，义无反顾献上自己的生命。

太阳向西移去，曝光被打成碎片从树的枝叶间露下来，小街的黄昏，像成人的世界，陷落在无边无际的茫然里。这个世界太宏大，糟心的事情变得微小且让人迟钝，程局和余英，都不愿意再记起葛云磊，逝者之痛也可以用金钱抹平，遍身罗绮者的思考逻辑，大概都是这样简洁理性没有人情与温度。

葛云磊却决定在这个小县城生活下去。她租了原来余平安的小店面，房东价格开得很低，因为阁楼里还放着余平安生前的一些衣物和书籍，没有亲人来清，房东嫌晦气也不愿意去动，正好有个傻女孩愿意接手，真是再好不过！

余平安看书有圈记和划线的习惯，葛云磊在夜里拥着那些书看，仿佛经历着他的心路历程，和他在冥冥中对话。这一夜，她看的是霍达的《穆斯林的葬礼》，余平安在扉页写着"爱不仅仅是拥有和索取，爱应该是成全、是放下，是明知不能在一起，却希望爱的那个人，万事顺意！"

窗外是山城的冬夜，滴水成冰。小城早早安睡，葛云磊一个人拥着被，望着对面的小山，依稀回到那年暮春，她在将晚的夕照里初见余平安，他捕捉到她的寂寥，他给她做家乡菜，鼓励她离开灰暗的感情去开始自己的人生。他不仅救了她的命，也让她重新相信，真正的爱情，不求回报，不求结果，却如此真实而动人地存在过。

/ 我曾许下的愿望

我们常常会和一些人,共度短暂的时光,真的很短,连能串成头尾的故事,都没有写完。但,没有那段关系,人生仿似虚度,余生无法走完。

1

手机铃响时,权智正被一群莺燕包围,云说,权老师,我这次穿的是厚毛料,会不会显得臃肿;丹说,我的肩膀要改成盖袖;琴说,我的腰围还要再收一收!

权智一应答"好",却连头也没抬,做了十五年服装设计师,从汲汲无名到享誉业界,权智看过太多美女。既是美女,当然都有魔鬼身材,天使面孔,但权智并不心动,对他而言,此美女与彼美女并无不同,他的心里,始终空着一个位置,冥冥中,留给一个人。

手机响了很久,很执拗,权智接起,是一位售楼小姐打来的。她先是说:"先生,您想拥有自己的别墅人生吗?坐拥山湖海,后山高尔夫,买300平却可以用600平……"权智耐心听完了对方的照本宣科,然后问:"层高多少,一楼客厅可以挑空吗?"对方支吾,说:"至于更详细的,您可以来售楼处看看。"

这真是一个充满套路的社会!权智摇摇头,干笑两声,挂了电话。不一会儿,一条信息扑过来,是刚才的售楼小姐,冗长的内容,又把项目卖点介绍了一遍。可惜,甲方的卖点不一定是客户的买点,权智有些索然,刚想按掉,却看到后缀落款,她的名字,叫白佳琳。

权智的脑海里,常常浮现一个画面。1997年的春天,他读高二,镇政府剪彩,学校社团派了腰鼓队和舞蹈队参加,那是他第一次看到白佳琳,纯白色的纱质长裙,长长的脖颈上面嵌着一张动人的脸。为什么动人,权智说不上,只是觉得她在花丛中领舞,一颦一笑,一举手投足,流畅好看。快结束的时候,她踩到裙摆,忽然一个踉跄向前扑倒,他看到她瓷娃娃一样的脸刷地飞起红霞,眼眶里盈满泪水,却还是坚持把那支舞跳完。17岁少年的一颗心,从此再难放下,没办法,少年时代的爱情,有时就是无厘头的,很多时候只是一个场景。

权智想尽一切办法了解关于她的一切，知道她读文科，想报考北服去当一名服装设计师，还知道她是高干子女，父母均在省城任职。权智铆足劲拼命努力，希望可以迎难而上，一点点去拉平与她的距离。但，七月从来都是黑色的，白佳琳意料之中考上，权智意料之中落榜。

2

权智扔下一屋子的莺燕，当天下午就去看白佳琳的项目，当他的路虎开上山道，仙齐灵山变成了一个巨大的时光机，把往事全都带出来。

毕业离校那天，权智也是这样，打听到白佳琳家的地址，借了辆自行车骑去。从主城到城郊，从喧嚣到清幽，花木道12号，隔开尘世平民，也隔开了他与白佳琳之间遥远的层级。他知道她们之间有差距，他想要尽力去抹平。但当现实铺呈，他悲哀地发现，差距是一道鸿沟，而他并无法跨越。

彼时，白佳琳坐在落地窗前练琴，黑亮的直发披在脑后，偶尔兴起还应着曲子哼上两句歌。她家的园子里，牡丹开得正艳，玉兰树挺秀，散发阵阵幽香，三层小楼，外立面都刷成了白色，香槟色的纱窗帘，贵气神秘。天气极热，权智被汗湿的衬衣贴在身上，一阵阵发凉。他失魂落魄回到了乡下老家，暑假没过完就出外打工。从学徒到流水线车工到打版师到设计师，他尽力去走一条靠近白佳琳的路。但，岁月错综如蛛丝，命运之神最爱开玩笑，权智功成名就之时，白佳琳背道而驰走了一条完全不同的路。

权智直接去了样板区。蓝白相间的地中海风格，五重景观错落有致，鸡蛋花淡黄，杜鹃花紫红，美则美矣，但其实有什么可看的呢，所有的样板房都美轮美奂，漂亮得不像要给人住，总共才三层半，厅里竟然还装着电梯，多此一举，真是何必。

然而，当锃亮的电梯门缓缓开启时，白佳琳从遥远的时光隧道中走来，腰肢款款，浅笑盈盈，银灰色的套装，职业的笑，头发挽起，干练大方。权智的心咚咚跳着，只是喉咙不知为何扼紧，不能说话，不能呼吸。

3

权智在家里翻影集，发黄的相册，照片只剩零星，20年的光阴，把记忆送入江河湖海，人人都有自己的因果。权智很快就找到了那张合影，白佳琳站在舞台的正中，亭亭玉立，骄傲如天鹅。权智再一次被她的笑容击中，仿佛那抹笑直笑进了心里，握着照片在手，他心里的欣喜一如当年。年龄越大，困局越多，权智却那么希望，自己还能有一次奋不顾身的勇气。

"大家都忙疯了，你还有脸坐这里发思古幽情！"朱佩琪像一阵风刮进来，话里的刻薄是她一贯作风，但并不代表不爱。留洋归来的海龟女，有能力有资源有人脉，办起事来井井有条。权智还在当打版师的时候，是朱佩琪慧眼识珠，给了他一次提携的机会，她为他办了一场叫"夜宴"的发布会，为他邀请各路英豪前来报道。从此，他崭露头角，声名鹊起，他有了工作室有了公司，而在这条路的那头，她等着他，无人不晓。郎才女貌，佳偶天成，这似乎已是天定，每个人都在等这个结局。权智也以为，就是这样了吧！生活最容易消磨人的意志，失意和得意都会淹没在浩瀚人海，遥远的初心萌动，被埋进记忆的尘埃，俗世中的人们，大多时候会劝自己认命。

朱佩琪说着秋冬发布会的事，要在这座城市的最高处，外面是波光粼粼的大海，舞台搭在窗口，每一步都风光无限，天光云影共徘徊，真是美哉。但，权智沉默着，他明显还耽搁在自己的记忆里，偌大的房间，只有朱佩琪嘴巴一张一翕："年底的时装周是国际性的大事，虽然我们不能参展，但能够走秀两套衣服也很不错了，好歹给你争取到一个在国际上露脸的机会。国内设计师大把大把，走出国门的也没几个。"朱佩琪说到这里笑起来，她明显很为自己的办事能力骄傲，看着权智像看着自己包装的一件作品，眼里满是欣赏和倚重。

"这次的时装周，恐怕我去不了，我有点重要的事要去办！"权智说得很平静，但朱佩琪明显错愕，她转过身来，来不及调整的踌躇满志的表情，在这句话的冲击下忽然萎败。她在客厅来回走了几圈，也不问也不说话，随手抄起桌上的建盏扔出窗外，闷闷的一声响，2万块钱碎了。

4

初见那天，白佳琳并没有认出权智，或者说，她根本从来不认识他。一朵暗恋的花，开在一个少年的心里，从怒放到风干，20年，并无人知晓。也好吧，就当是一个全新故事的开始，当年的穷小子，变成了卓有名气的设计师，他蓄着一点小胡子，头发在脑后扎成一束，棉麻中式罩衣配玄色九分裤，浑身上下都是有闲阶层的禅意。

空调适中的售楼处，隔开盛夏热风，音乐溶溶，让人舒服。白佳琳坐在对面，认真地讲解着项目情况，从区域发展价值，讲到公司品牌背景讲到规划设计，户型格局，园林景观，训练有素，如数家珍。

权智听着她的讲解，适时提出一两个问题，心思跳跃，眉眼含笑。时光仿佛倒流，年少回溯，风轻云柔。上帝一定听到了他的祈祷，今时今日，他才可以一个全新的姿态站在她面前，他们之间不再是楚河汉界，他有能力对她好，有能力让她幸福。17岁那年许下的愿望，光阴浇灌，一点点成长，权智看着它在这几日茁壮拔节，已长成参天大树。

他提出要送她回家时，白佳琳怔住，上下打量了权智一番，才说售楼处有早晚会制度，一定要开完才能走，权智噢了一声，无可无不可。但，当夜幕降临白佳琳走出售楼处时，她看到锃亮的路虎依然泊在大门口，他摇下副驾的窗户，又绕过来开车门，请她上车。

夜晚的山间，飘荡着好闻的青草香，车子一路缓速前行，追逐窗外流丽的灯火。望着坐在旁边的白佳琳，权智心里雀跃，恍然如梦。

"总是这么晚回家，家里人不会着急吗？"权智试探着问。

"我一个人，没人管，很自由的。"在白佳琳的微笑里，权智放下心来。还好，一切都不算晚，还好，一切都刚刚好。

"改天等白小姐有空，我请你吃饭。"权智说得真挚，手上的方向盘打了急弯，眼睛却偏过去看着白佳琳。

白佳琳倒也不动声色，她微笑着点头，说："可以啊，我求之不得呢，权先生是我们公司的贵客，饭应该由我来请，哪能让您掏钱。"

权智在夜色中掩饰不住嘴角牵起！那个弹琴跳舞、扭下脚就掉眼泪的小公主，时光磨砺竟也如此圆滑成熟。不是说，富家子弟通常单纯，这阔别的20年里，她曾遭遇什么，权智好想问问。

5

夏天快过完，金九银十卖房季开启，白佳琳渐渐忙了起来。周末的暖场活动，权智有请必到，仿佛闲极。白佳琳已将他定位为A级准客户，而他每每顺手带些很高档的水果，请白佳琳和售楼处的女生们品尝，分明有意，却也并不刻意。

这周的活动是"天才宝贝星"，开发商联合了培训机构，让孩子们来展现才艺。白佳琳陪着权智坐在VIP区,当小朋友明显跑调的琴音响起时,权智问:"你现在还弹钢琴吗?"白佳琳有些惊讶,权智又接着说:"我是看你的手指很长。"

白佳琳的眸光黯淡下来,"自从我父亲出事后,我再也没碰过钢琴了。你知道吗?检察官来的时候,那架三角钢琴的反面,竟然藏着好多钱……好多钱。"

样板区的洋伞下,白佳琳说着往事,身影寥落。大三那年,白佳琳位居高位的父亲出事了,深牢大狱遥遥无期。她好不容易混到毕业,找不到工作,当年与父亲交好的叔伯婶姨,统统避之千里。为了赚快钱,她做过啤酒推销、化妆品推销、股票经纪、房地产销售等。年少的优渥是昨日东流水,白佳琳铆足劲赚钱,想让母亲安度晚年,也希望可以托托人让父亲早日出狱。

权智决定买下那套三千多万的独栋别墅,他不再挑剔房型,不再介意车位,也不管客厅能不能跃层,他要让她赚到佣金,让她升职。他想给她最好的爱,不让她操任何的心,他多希望她还可以像17岁那年,披着直直的发,坐在落地窗前,明月清风,弹着那首《献给艾丽丝》。

6

朱佩琪知道权智调了公司的资金,当天就来兴师问罪。但权智很冷静,他说:"我想在山里买个别墅,隐居一段时间。"

朱佩琪听他说是为了买房,口气有些软下来。"买房干吗,中国房价这么高,我们再奋斗几年就出国,北欧天气好,地大物博,房子也便宜。"

"佩琪,我买房是为了,我——自——己。"权智一字一顿,明显已经深思熟虑。

"你自己,那我呢?"朱佩琪柳眉竖起,杏眼圆睁。

"公司盈利都在账上，公司也由你来安排。我想我们之间，还是有太多的不合适。"

话音未落，柜子上的书已经哗啦啦倾倒如多米勒骨牌。权智并没有发作，他坐在沙发上喝茶，直到朱佩琪过来夺下他手中的杯子，咣啷一声脆响，第二个建盏以头抢地，与前几天的那个再次碎成双对。

发泄完毕，朱佩琪扭头就走，她当然知道事出有因，但像她这样独立能干决绝的女子，颜面比起追问，明显更有意义。

7

开盘前一晚的酒会，是地产销售洗客的必要环节，白佳琳约了权智，权智欣然赴约。

品酒、冷餐、表演、跳舞，全是上流社会的生活套路。红酒一杯，白佳琳清秀的脸上飞起两片红云，她掏出一个鼓囊囊的信封说："权先生，我想提前把这套房子的佣金返一半给您，虽说您不缺，但算下来也不少，算是我的一点心意。"

权智接过来，在手里掂了掂，又把它塞回她的怀里，笑而不语。见他不愿意收，白佳琳有些急还有些委屈："折扣方面我还会尽量帮您去争取，但这个主动权在总公司，说真的会有点难。"

权智看着白佳琳，有些心疼，社会残酷商业复杂，富丽家庭中长大的她曾经未谙世事，纯白如纸，如今却要低声下气，只为了卖出一套房子。他多想可以直接跟她说，放心吧，明天我会过来签合同，如果你愿意，你还可以当房子的女主人，我可以把我所有的都给你，只要你欢喜。

可是，白佳琳已经走过来了，目光凛凛，像一个斗士。香樟树下的暗影，把舞台区的喧闹隔出很远，她贴在权智的耳畔，脸颊发烫语气吞吐，是很暧昧的口吻："或者，您，对我个人，还有什么需求吗?"

星空皎皎,清晖遍布,白佳琳小小的脸仿佛闪着莹光,媚眼如丝可以勾魂。可是,她身上穿的晚礼服,脖子上的项链,右手腕上的表,哪一个是她用身体换来的呢?权智忽然有些咬牙切齿,他推开她,死死看着,直到胸腔填满,眼圈发烫。

她根本不懂他的感情,也不知道他20年的心路历程。时间和社会,催人为欲望蝇营狗苟,可是,她是他许下的愿望,单纯美好,支撑着他一步步走到今日,却原来也终将走到如此境地!

8

权智最后还是买下了那套别墅,花了半年时间细细装修。17岁那年,权智还有另一个愿望,想要在半山拥有一套别墅,坐北朝南,园子里要种着玉兰和牡丹,外立面要全部刷成白色,高高的落地窗,挂着香槟色的纱帘,风吹时动如涟漪。

只是,仙齐灵山装修好的别墅一直空着,权智根本没有去住。

权智在清晨一个人开车去上班,在黄昏时堵在回家的半路上。欲望川流不息,十字路口堵成烂泥,全世界的车仿佛都带着戾气,加塞变道,恨不得长出翅膀。车流中移动,慢慢听着歌,看着次第亮灯的人家的窗户,中年男人不免走神。

朱佩琪已经移民去了挪威,多少疑似爱情等着相亲,权智却连面都不曾去见。有的成熟以改变初心为代价,有的成熟却无法说服自己成为自己也不喜欢的人。权智明显是后者,明知道她变了,明知道他们不能在一起,他却永远忘不了初见,她长长的脖颈上娇若春花一张脸,她坐在钢琴前十指纷飞旋律流泻……

有些爱并不需要表白,也不需要朝朝暮暮素面相对,喜欢一个人,喜欢一个愿望本身,旷日持久而不变,权智以为,这才是爱情最本真的模样。

/ 传　说

爱情其实就是传说，谁说一定要容貌般配，身家相当，有共同的理想和爱好。也许只是在某一个特定的时刻，两个人气场相近，磁场相吸。我爱上你，你爱上我，这就够了。

不是不爱，害怕伤害

午后闲暇，霍然拉着蒋维维去Gucci专卖店取包。包是霍然定下送给蒋维维的礼物，很久了，蒋维维总是说很忙，下次再取。忙当然只是托词，蒋维维心里有障碍。其实，Gucci的包，蒋维维是喜欢的，包括那个送包的男人，蒋维维也是喜欢的。说到底，她的不应承，不是因为不爱，而是害怕再次受到伤害。

一朝被蛇咬，十年怕井绳，爱情里受的伤，痊愈总是很难。

Gucci专卖店门口，专柜小姐奔出来，说，霍先生，您来了，有位女士看中了您订的包，但这个包是限量版的，厦门地区只有这一个。

蒋维维望过去，就看到了朱子兴和他臂弯里的大波浪女士，大波浪很瘦，徐娘半老，脸上涂着厚厚的粉，明显不是前老板的四眼千金。

大波浪发嗲，一口台腔，阿兴，我们加5万，让她把包让给我。

蒋维维想起曾和这个叫朱子兴的男人有过两年感情，心里像吞了苍蝇。爱时，如火如荼，不爱，竟也可以如此厌恶。

朱子兴脸皮够厚，他果真走过来，小声说，维维，帮个忙。

蒋维维浅笑着，把手伸向霍然，说，你问我男朋友。

霍然会意，很配合地握了蒋维维的手，问，你喜欢吗？

蒋维维当然点头，千娇百媚笑，霍然便对专柜小姐说，我再加2万，麻烦按预定的先后顺序取货。专柜小姐傻愣在一旁，说不上话。大波浪拉了朱子兴，气急败坏走了。

蒋维维拎着包上了车，手机短信也来了，朱子兴说，没想到你也傍大款了！

这句话是蒋维维的软肋，她回一句，允许你当小白脸，我怎么不能傍大款！发出去，心里释然很多，霍然腾出手拍她的肩，她都没有拒绝。

但，Gucci包还是成了出租房里最贵的摆设，蒋维维从来没有勇气拎着出门。

传说中的刹那钟情

蒋维维第一次看到霍然，是面试的时候。当时她除了觉得倚天的老板霍总很年轻很帅外，没别的感觉。

彼时，是蒋维维点最背的时候，前男友朱子兴搭上了老板的四眼千金，失恋失业，相继而来。爱情没有雪中送炭，相反还釜底抽薪，蒋维维一下子对人生和人性，失望透顶。

蒋维维应聘的是倚天的总助，有很多时候需要和霍然一起出去应酬。刚到倚天两个多月的时候，霍然请山东的客户到佳丽海鲜，蒋维维刚好来月事了，每来必痛，这是她的习惯，酒自然不能再喝，蒋维维寂静得像一棵木桩，只顾着忍痛，连菜都顾不上吃。

觥筹交错时，蒋维维很为难，星般闪亮的双眸，像藏着两只惊慌的小兔。霍然只得反过来帮她挡酒，说，她不会喝酒，我替她。

到最后，大家都喝得有点过，霍然和对方经理去咖啡座谈合同的时候，一个男人硬拉着让蒋维维要喝上一杯。蒋维维吓呆了，眼泪在眶里转。旁边的人笑得更厉害了，男人的手上了她肩膀，强行就要灌酒。

霍然闻声而来，阴沉着脸，一把推开了醉醺醺的男人，把发抖的蒋维维拉到自己身边。蒋维维的眼泪就在那时掉了下来。

霍然送蒋维维回出租房。城乡结合部的一间小屋，灯光晕暗，摆设简陋。秀美清淡的蒋维维倚在床边，楚楚动人请霍然帮忙冲一杯红糖水。

与通常接触的高傲而脾气乖张的美女比起来，蒋维维更本质家常。那一刻，年轻的老总霍然，有揽她入怀的渴望。

这以后，霍然对蒋维维总是分外关照。虽然表现出来时或许只是老总对员工的平易近人的样子，但男人爱慕与否的表现，怎能逃得过女人敏感的眼。蒋维维关于人世的温情，慢慢活络过来。

哥是一个传说

蒋维维到倚天大约半年的时候，迎来了倚天的两周年庆典。鼓浪屿的李家庄，霍然带头喝酒，单一麦芽类型的威士忌，举杯就干，不勾兑任何饮料红茶。他说，人要活得纯一点。他和员工们猜骰子，输了就很豪气地干酒，赢了就搞笑唱一句，不让我的骰子陪你过夜，不让你的胃回去崩溃。

几个女同事凑在一起聊霍然，A说老总霍然是个传说，很好的项目，很大的标的，只要他出马，一定能搞掂。B说业界流传一句话，豁然开朗，就是霍然来了就开朗。而C说，这都是因为有后台，霍总女朋友的叔父在区委。继而她又压低声音神秘兮兮来一句，我老公的表妹，也在区委某科室呢。

也许大部分的男人都是趋利动物，前有利益，尔后才有爱情，少奋斗十年，谁不喜欢呢！旁边的蒋维维默默喝着闷酒，忽然惆怅！

霍然过来给蒋维维敬酒，他挨着高脚椅，站在蒋维维身边，说，七情六欲不要都写在脸上，这样子哪会成长！

蒋维维借酒盖脸说，成长太黑暗，也许童话简静些！

霍然摇着高脚杯里的酒，打趣笑说，王子和公主从此过上幸福的生活，是这样吗？

夜深了，静悄悄的街巷，一伙人走路去轮渡搭最后一班船回厦门岛。同事们三个一群两个一伙，精力过剩直往前奔，新人蒋维维总是落单。霍然走走停停，很刻意地等着她，但蒋维维也走走停停，很刻意地与他保持一定距离。

太传奇的男人总让人觉得不靠谱，蒋维维时不时告诫自己，不能靠霍然太近，如果可以一直若即若离，保有一些念想，就很好了！

但，这样的告诫，总免不了让人患得患失。蒋维维对霍然，不是没有绮想。

宏村的春江花月夜

Gucci包在出租房挂了一个月后，霍然带蒋维维出差杭州，并别道黄山，去看黟县小镇宏村。

古色古香的村庄，一应黛瓦白墙，静静的月沼如一面玉镜，倒映出水墨画一样的古村落，一切美得像一个梦。不是旅游的旺季，游客很少，霍然花300块包下了一幢农家客栈，偌大的院子，三进格局，两人住着相邻的两间厢房。

客栈那晚居然停了电，蒋维维的韩剧看不下去了，百无聊赖躺床上发呆。忽然院子里灯火流丽，霍然不知去哪弄来了五六只水桶，红黄绿各半，每只桶里浅浅盈一点水，水里点着长长的蜡烛。烛火透过水桶和波光折射出来，院落姹紫嫣红。

霍然神情和打扮都很轻松，他孩子气的在窗外大喊，良辰美景呵，蒋小姐快出来许个愿吧。

蒋维维随口说，现在最大的愿望是，希望早些来电，让我把那部韩剧看完！

霍然皱了眉，嚷道，蒋维维，你有点娱乐精神好不好！我好不容易才找到总闸啊！说着，他推出了一箱易拉罐啤酒，还拿出一把二胡来，一曲《春江花月夜》拉得自在飞扬。

那晚，霍然和蒋维维都喝多了，两个人不知怎么回地房间，直至第二天太阳照进来的时候，蒋维维醒过来，发现自己躺在霍然的臂弯里，她慌忙想要起身。霍然的手臂搂过来，蒋维维的头抵到了霍然胸前，可以听到他的咚咚心跳。

静悄悄的村庄，白日也不喧嚣，谁家唱黄梅戏，"你是红尘之外一池水，卷舒开合任天真"，好像是天子戏凤《梅龙镇》。蒋维维的心，软成了月沼水，这一刻，多么好，时光仿佛回到盘古开天，物欲退出好远，天地之间，唯鼓瑟吹笙，郎情妹意，一切听从心的安排，无需有任何顾忌。

背景女友来了

宏村归来，日子又过回了常态。关于爱与不爱的这道选择题，蒋维维不止一次地想起，但答案总是模棱两可，刚上班，蒋维维便看到霍然的办公室来了位漂亮的小姐，齐耳短发，面容姣好，香奈儿套装包裹下的身材亭亭玉立。

大半个办公室的目光，都齐齐向香奈儿小姐行注目礼，有的还小声嘀咕，背景女友来了噢！

蒋维维塞着耳机装着听音乐，平时最爱听的曲子，却怎么也入不了耳。这时，霍然在MSN上唤她，说维维，你来一下。

蒋维维偷偷拿出小镜子补了妆，然后才进去。香奈儿小姐站在霍然旁边，手上拿着巧克力，边吃边翻展示架上的一些小玩意。很明显，她和霍然关系不一般。看到蒋维维进来，香奈儿小姐转过头，笑涡如花，却笑得有些意味深长。蒋维维想到了PK这个词，而她分明感觉，自己已经输了。伊人那么好的形象和身家，普世能比，应无几人，更何况是自己这样一个小小的打工妹。

爱与不爱，也许是小女子的错觉，也许是花花公子的偶尔垂青，想要答案太过奢侈，不如早早逃离。蒋维维这样想着，心里有了主意。

传说中的秘密

当天下午,蒋维维拎着Gucci包进了霍然的办公室,说,完璧归赵!

霍然停下摆弄鼠标的手,饶有兴趣看着蒋维维,问,为什么?

蒋维维不说话,她站在靠窗的位置,可以无遮无拦看到壮观的市政府和郁郁葱葱的狐尾山。

是因为上午我办公室里的那位小姐吧?霍然已经走出了大邦桌,站在蒋维维的背后。

你女朋友很漂亮,还有个当高官的叔叔,真是般配。蒋维维这样说着,却有些愤然,美丽的窗景开始模糊了。

霍然笑了,说,你听郭大姐她们说的吧?

蒋维维幽幽地说,大家都说这是你的秘密。

夕阳透过百叶窗,折射在蒋维维姣好而肃穆的脸上,一点明,一点暗。霍然沉默了一会儿,说,要说秘密,我倒有一个!

蒋维维还未明白过来,已被霍然拉着走出办公室。车子一路向东,直奔环岛路,右转进了一处背山面海的别墅区。

蒋维维问了两个字,去哪?

霍然也只答两个字,我家。

推开霍然家那扇雕花铁铸大门,家居布置骤看朴实无华,其实却细致无比,比粗显的豪华宝贵更见功夫。蒋维维有做梦的感觉,厅中间那张微笑着的很熟悉的政坛明星脸,电视及报章杂志上见过多次——霍然的爸爸,很大很大一个官,连蒋维维这种疏于关注政治的人,都是知道的。

这就是霍然的传说,这就是霍然的秘密,他为了避嫌藏着掖着,却为了爱情,一下子全都抖到了蒋维维面前。

哪需要女朋友有个区委的叔叔罩着,完全是笑谈。蒋维维自己都笑起来了,贸然进了一步,她在爱里辗转的心,终于海阔天空。

爱情就是传说

顶楼的空中花园，霍然揽着蒋维维说，我的秘密都让你知道了，这下你不嫁我都不行了。

蒋维维答非所问说，那位漂亮的小姐是谁呢？

我姐啊！

谁信你鬼话。蒋维维骂着，却有几分嗔怪的味道。

我姐一直在美国留学，这几天刚回来呢。你有无觉得我们长得很像，要说她这催化剂效果还挺明显！霍然笑嘻嘻。

原来是姐，难怪有几分夫妻像！蒋维维正想笑，霍然的吻已经下来了。

眼前是云顶秀色，背后是大海呢喃，灰姑娘就要变成公主了。天啊，天啊，这是怎么回事，蒋维维闭上了眼睛，心也静了下来。好吧，爱情来了就享受吧，庸人自扰做什么，这世界变化太快，不是抵御了，变故便不会来。

三个月后，没有任何背景的打工女孩蒋维维，嫁给了身家过亿又俊朗多情的霍然，这是不是也很传说？

是的，爱情其实就是传说，谁说一定要容貌般配，身家相当，有共同的理想和爱好。也许只是在某一个特定的时刻，两个人气场相近，磁场相吸。我爱上你，你爱上我，这就够了。

/ 彼 岸

纷繁变幻的现世,唯一不变的只是命运,自己的选择是正确还是错误呢?根本也无须多想,每种生活方式,都需付出代价。

房东李成平

　　午后，廖梓芳坐在小小的房产中介店里。闽南的九月，白天依然闷热，一台旧式风扇转过来转过去，发出刺耳的杂音。廖梓芳频频看墙上的钟，按捺急躁等那个叫李成平的新房东。

　　原来的房东临时涨房租，300元对一些人来说也许不多，但对于月薪仅2500元干着一份文员工作的廖梓芳，却像一道不可逾越的鸿沟。今天如果再没找到房子，她就得被动接受提房租的要求。

　　电话响起，店员接听后对廖梓芳说，房东临时有事，不如明天再约。

　　廖梓芳等了一下午的委屈忽然爆发，她叫嚷道，你们这些生活在社会上层的人，都是这样言而无信的吗？话未说完，她已有些哽咽。对方片刻沉默，答，对不起，忽然有点事。许是听到了廖梓芳的哭腔，他继而又说，这样吧，10分钟后我过来。

　　当李成平的车停在中介店门口时，时间已过去15分钟。他显然是赶着过来的，条纹T恤的袖子还一上一下，指甲缝里，有未洗尽的黑油。但他一直带着笑，是那种大方得体充满魅力的笑，仿佛一切困难都可以在笑中解决，没什么大不了的事。事实也的确如此，不到10分钟时间，合同签好，钥匙交接，李成平没有向廖梓芳收定金，却把800元的中介费也一并交上了。廖梓芳囊中羞涩，亦没有客套。打工三年，搬过8次家，形形色色的房东她都见过，而这一个，分明有让人仰慕的气度。她对他心生好奇，扑闪着一双宝石眼打量他。这位新房东年纪约莫四十岁，很普通的眉眼，略显沧桑的表情，带着岁月腌过的痕迹。门口停着的尼桑车后备厢，露出了一小截的塑料管，她猜他从事制造业工作，或者是搞装修？正猜度着，忽然李成平转头过来，四目相接，廖梓芳先红下脸来。

看到过去看到你

李成平载她去旧房东处拿行李，因为顺路，也因为她的柔弱，让他有想要保护的欲望。到后，却惊讶地发现，她租的是很破的市郊的民房，整条路散乱杂芜，像开进了贫民窟。都说漂亮的女孩子有办法，原来也不见得。

很快，廖梓芳提着简单的小行李袋出来了，根本无须收拾，她的行李，不过是三两件衣和几本书而已。他透过车窗看她，秋夜微凉的风吹乱她长长的发，单薄的身体微微弓起，像离别广岛的难民。这让李成平想起了多年前的自己，他轻轻叹了口气。

忽然，一个壮硕的女人像箭一样冲过来，从后面拉扯廖梓芳的衣。廖梓芳猝不及防跌坐在地，上装的扣子被扯开两个，露出淡粉色的内衣。她还在发怔，女人一巴掌已经落下来，动作相当凌厉。李成平冲过来时，廖梓芳白净的脸已经留下了五道清晰的指痕。

女人见到李成平，悻悻骂道，搭上有钱人了，难怪这么快就找到房子。你要搬出去我也不留你，但你摔坏了我家的古董总是要赔的。

李成平端详着那个摔成两半的所谓古董，很普通的陶瓷，根本是大路货色。房东女人本是吃定廖梓芳会同意涨房租，没想到却把人逼走，一时半会儿找不到新房客，空房的损失又想赖着让廖梓芳来承担。

李成平一下子明白了房东女人的居心。欺负弱女，真正可恶，他气不过，真想也扇过去一巴掌，打得她满地找牙。但围观人群越来越多，衣冠不整的廖梓芳在众人的指指点点下连头都不敢抬起来。李成平把身上的西装脱下来披到廖梓芳身上，忍着气掏出500元甩给房东女人，护着廖梓芳匆匆离开。

天不知何时已经暗透，车窗外，圆月清冷透亮，突然而来的戏剧性的一幕，让廖梓芳与李成平的关系，仿佛陡然进了一层。廖梓芳默默流着泪，李成平默默开着车，虽然彼此不言，虽然两人今天才初识，但分明有什么情绪在车厢里缓缓流淌。他透过她，看到了20年前的自己，忍不住地就对她心生怜惜。而她，仿佛泅渡而来，浑身湿透，他是她的彼岸，救她于苦难。

每扇门之后，都有一个故事

李成平出租的两室一厅，约莫60平方米，不大，收拾得很整齐。廖梓芳租下的其中一房是主卧，外带很大的露台，那上面种着白茉莉、红牡丹、紫苏草，姹紫嫣红，煞是好看。廖梓芳很喜欢这个新家，但她不免狐疑，地段这么好，房子这么棒，为什么只租400块？心里忐忑不安，放弃又觉得可惜，她思忖再三打电话给李成平。对方笑答，你必须每天帮我料理花草，这可是不另外付费的。

廖梓芳决定请李成平吃饭，表达自己的感激之情。李成平应邀而来，还顺带了几个卤菜，在找碟装盘时，李成平看到了曾经非常熟悉的铁制电热杯。15年前，他初到厦门，窝在石村一个小小的出租房，一日三餐，都是用这样的电热杯煮面，清汤寡水，简单对付肚子。那时候，他何尝不是如廖梓芳这样，拎着一只行李箱，从一处流浪到另一处，总是少了一个永久地址，连订一份报纸都不能。

李成平讲着自己的往事，言无不尽。他甚至讲到了自己的第一场婚姻，二十五六岁的年纪，四处跑业务，落魄无靠，遇上了她，从她那里学会了说闽南语，从她叔叔处学会了做装修。她是根，她是源，没有这位闽南女子，便没有现在的李成平，他对她心怀感恩，但终究不合，他给了她所有，终得离婚，净身出户。

廖梓芳也向他坦露心声，曾经年少执着，努力打拼，只为给海外留学的男朋友寄钱。渐渐的，却不再联系，连寄去的信与衣物都被悉数退了回。春节回乡特意去到他家里，热脸尽贴人家冷屁股，终于才明白所有的疏离只是为了把前尘都抹去。

那之后，李成平常来，有时候送一箱苹果，有时是出差带回来的一些当地特产，有时候来修马桶修电灯修冰箱，俩个人之间，有了若有若无的好感。男单身，女未嫁，貌似一切再正常不过，但廖梓芳心里总觉得该那样而不是这样，她说不清楚自己的感觉。

李成平有次买了扁食来，在那个简易的电热杯里放油加热，竟然做出了香脆可口的炸扁食。廖梓芳吃了很多很多，边吃边嚷要减肥了。李成平带着娇宠的笑说，多吃点，你吃胖点好看，我喜欢呢！廖梓芳脸上的笑冻住，两个人隔着一张小圆桌相对，都极尴尬。

那之后，李成平有一个多月时间没再出现，廖梓芳心里隐隐失落。过去的三年，她样样靠自己，辛苦赚钱，努力工作，生病时昏昏睡三两天，失眠的夜盯着天花板睁眼到天亮……男朋友的关爱，大多在虚拟世界里，QQ上送一个拥抱，邮箱里送一张小卡，她的心是容易满足的小草，给点阳光就灿烂。而，来自李成平的关爱，看得见，摸得着，把她昏暗的人生整个照亮。但是，找一个比自己大17岁的男人，这真的是自己想要的吗？他分明历尽千帆，而自己却还纯白如纸，会不会一步走错，便如羊入狼口？

不是每朵乌云都镶有银边

中秋节快到了，李成平还是没音讯。廖梓芳有些食不甘味，上班不免走神。那一天办公室前台换背景墙，她去递锤子，急急慌慌竟踩到了一颗尖口朝上的钉子，铁钉穿高跟鞋而过，刺伤脚板,痛彻心扉。更惨的是她整个人左倾,挂倒墙边的饮水机,开水淋伤小腿,同事送她去小诊所简易包扎后送她回了家。廖梓芳忍痛入睡,做一些零散而恐怖的梦,梦见自己走进封闭的地道,又闷又热,透不过气,黑暗无边无际,就快支持不住。她吓醒过来,发现自己全身滚烫,呼吸急促,胸口像压着一块石。恍惚中拨了李成平的电话,不一会儿,就听到门被擂得山响。门外的李成平一头一脸的汗,喘着粗气,抱起廖梓芳便往楼下跑。六层楼,一百多级楼梯,路灯晕暗,李成平一步一挪,却把她抱得紧紧。廖梓芳搂着他的脖子,清晰感受到了他的心跳和担心,她忽然就觉得安下心来。

医生边清创,边责怪他们不懂医理,说再拖下去,恐怕就是破伤风了。撩起裤管,一长串水泡,大多磨破,裂开一个个血红的口子,面目狰狞。廖梓芳咬牙忍着,额头沁出细密的汗珠。她抬头寻找李成平的眼,却发现他紧锁双眉,两眼潮红,廖梓芳深受震动,这时才怔怔落下泪来。

天与地那么大,她所有的,也不过是只有她自己罢了。而他的肩膀分明可以担起生活中无限疾苦,每次她碰到困难,都是他出现来救苦救难。反而是自己,境况不佳,却还在苛求他必须有纯良的过去和现在,还在对他的年纪及曾有过的一段婚姻耿耿于怀。

这是该与不该?

英雄不问出处,爱情不问前程

出院那天,正好是中秋节。李成平放下事务,全身心陪着廖梓芳,他开着车,带她去环岛兜风,从中山路经演武桥,到白城到会展到五缘湾。夏末秋初,这个城市真是让人喜欢,那样高的蓝天,让人不知阴霾为何物,白云朵朵像糯软的棉花糖,海湾里停着大大小小的船只，所到之处花红柳绿，街道整洁，连路灯都显得别致风情。

是夜，却也不回，李成平和廖梓芳一起去参加鼓浪屿一年一度的"博饼王"大赛，看骰子起落，落子定乾坤。聚光灯下的日光岩，美得像一个不真实的梦，廖梓芳深深迷醉，却忽然叹了口气。

为什么长嗟短叹？李成平握了她的手，轻轻问。

廖梓芳说，你看到月亮没有，虽是同一轮月，在故乡看，会有不同感觉。真想老母亲，如果我有能力把她接来这里同享，就最好了。

李成平轻轻揽过她的肩，说，行孝要尽早，你随时可以接老人家一起过来。

月亮真美，廖梓芳斜着头望向李成平，甜甜地笑着。李成平忽然说，以前的人常对月求姻缘，今天我在月亮下起誓，我希望可以永远爱护你，让你过好日子。廖梓芳无可无不可，亦未挣脱李成平的怀抱，只任月华淋得他们一身熠熠闪烁。

绝美的中秋夜，圆月半夜还挂在九天，廖梓芳睡不着，索性起来上网。佳节倍思亲，佳节多谈情。一位不知名的网友在微博上贴：一个男人在茫茫人海喜欢上一个女人并鼓起勇气约会她的概率是：1/2000；这个女人和男人约会4次后，喜欢上他的概率是1/4；而男人坚持约会同一个女人4次的概率是1/2；相爱的两个人最后结婚概率是1/3；中国目前离婚率大约1/20，两个人从相爱到白头概率是19/96000。

相识不易，相爱更难，遇上合适的也是凤毛麟角，这个纷繁变幻的现世，唯一不变的只是命运，自己的选择是正确还是错误呢？根本也无须多想，每种生活方式，都需付出代价，不是吗？

关于李成平，廖梓芳心里，已经有了答案。

/ 相　逢

一时冲动或许可以获得短暂的温暖，但要一起在这复杂的世界里悠悠走下去，谈何容易。

女儿朵朵被叉车轧到腿的时候，裴映弘正埋首在一堆零件中，披头散发，拿个卡尺，一个一个测公差。工作辛苦，却还要带个孩子，每每碰到学校放假，自己却要加班时，就只能托在公司库房，不想竟然出事了。

正午的太阳真是毒辣，操场什么时候变那么宽，仓库仿佛永远也走不到，裴映弘眼前金星乱冒，人软软瘫下来。似乎是在梦中，朵朵雪白的肌肤裂开长长的口子，血，沿路滴着，日头底下，面目狰狞。忽的，场景又换到了那片荔枝林，年少的裴映弘，小腿上也这样渗着血，鼻翼里却有青草的芳香。她一直落泪，为朵朵，也为自己，单亲妈妈凭一己之力横冲直撞，艰辛而没有退路，那样的苦，无人可言，冷暖一心知。

醒来已在医院，朵朵并无大事，只是皮外伤。同事小陈说叉车是忽然间倒下来的，那一霎间，库房几个小姑娘都吓坏了，是协力厂的张经理帮忙搬起叉车，冷静地打120，送受伤的朵朵和晕在半路的裴映弘到了医院。

裴映弘这才注意到病房门口坐着的那个男人，圆圆脸，俊逸长眉，目光炯炯，退去稚气的神情，添了岁月洗涤过的坚毅，有些熟悉，有些陌生。

她望着他，他也望着他。

你是，张劲东？她喃喃地，相逢如是在梦中。

他含笑颔首，习惯牵起的嘴角，分明还是荔枝林里，那个宽厚仁和的翩翩少年。

裴映弘对1994年一直念念不忘，那年，她16岁，高二，暑假没回家，在学校附近的农场找了个摘荔枝的活，为自己攒下一学年的学费。

满园蝉鸣，裴映弘站在树上，背着大筐，一颗颗摘着荔枝。树下忽然传来一声唤，你新来的吧，荔枝要用折的，一颗颗摘到什么时候。她探头往下看，树下的少年仰着头，正冲着她笑。裴映弘一愣神，筐子蹭到树枝，直溜溜滑下来，左小腿划开道口子，鲜血直流。少年赶紧去摘草药，放嘴里嚼碎，帮她敷到伤口上。

裴映弘就这样认识了张劲东，知道他是农场主家的小儿子，在县城读高三，暑假来给家里帮忙。而她，母亲早亡，父亲开长途货车常常不着家，三年前继母过门后，她年年打工自己交学费。

这就是他们尘世里的初相逢，她黯然的样子像一朵忽然闭合的昙花，楚楚而惹人怜爱，而他周正的模样，关切的言辞，让一颗漂泊的少女心，生出妥帖与安宁。

此后，那片荔枝林里留下他们许多快乐的时光，白天一起认真劳动，晚上收工后便坐在树下畅谈未来。多少个月光如水的夜晚，他们携手在荔枝林里散步，从山腰到山脚，从山脚到山腰，伴着鸟叫虫鸣，听取蛙声一片。

暑假快过完的时候，家里忽然来信催她回家。张劲东急慌慌帮裴映弘买了票，一路沉默相送。车快来的时候，他忽然拥她入怀，亲吻了她的脸颊说，加油，别忘了我们西子湖的约定。

年少的恋情，这已经是分水岭，裴映弘回去后，才知家里沧桑巨变，父亲车祸，继母带着弟弟不知所踪，家里还欠着10万元的外债。书是不能再读下去了，裴映弘几乎是带着逃离的姿势仓皇外出打工。在为生存为奋争的别人的城市里，连个体的存在都很模糊，年少的感情成了暗夜的灯影，温暖而馨香，但终究影影绰绰，裴映弘心里刮着风，一阵又一阵。她随便嫁了人，后来又离了婚，她对苦难逆来顺受，自认自己命运多舛，一生要备受折磨，却从没想过，有一天，会与张劲东再度相逢。

出院后的那段时间，张劲东常常过来走动。裴映弘的单身公寓里，灯泡是暗的，马桶是坏的，下水管道是堵的。裴映弘几次找人来修，但对方一看家里没男人，不仅要价高，材料也用不好，几天后，该坏照坏。甚至有一次，有个修理工坐在家里喝了半天茶也不见走，他言语暧昧，眼神迷离，一会儿说你一个人带孩子蛮辛苦,一会儿说应该找个伴之类。裴映弘自那不敢再叫人来。

与张劲东的相逢,从基础层面厘清了裴映弘的烦恼,也让孤儿寡母的生活发生质的飞跃。周末,他们一起去近郊踏青,到商场购物,赴西餐厅享受美食。平时,只要有空,张劲东也总是去学校接孩子,俨然是以一个父亲的身份。三个人走在一起,张劲东惯常用左手抱着小朵朵,右手则牵着走在内侧的裴映弘,一切似乎水到渠成,这种相濡以沫般的情感,略略暧昧,却谁也不曾说过越矩的话。20年的光阴,似乎未将他俩的感情挫去一分一毫,但又似乎已经不是当初的你侬我侬。

转眼入秋,朵朵过生日,张劲东提了蛋糕来,双层的冰激凌蛋糕散发着诱人的香气,上面的水果和焦糖布丁,铺呈一片繁华盛景。小朵朵开心地围着蛋糕打转,她说,妈妈,我想请我们班上所有的小朋友都来参加我的生日会,我要请他们吃蛋糕,我要让她们知道我不是没爸的孩子了。裴映弘的笑僵在脸上,一时不知如何作答。张劲东体恤地拍拍裴映弘的肩,又凑到朵朵耳边,不知说着什么。小朵朵频频点头,兴高采烈去插蜡烛,灯暗烛火明,一团温馨中,孩子刹有介事许了愿。那夜,孩子兴奋得睡不着,她缠着妈妈说话,说很喜欢张叔叔,说张叔叔答应明年帮他到班级去开生日会。最后,她说,妈妈,如果张叔叔可以当我的爸爸,那该多好。

坐在张劲东的宝马车里,簇新的皮革散发出微微的气味,既新鲜又难闻。是下着雨的日子,裴映弘看着窗外公交站里挤挤攘攘等车的男女,忽然有恍如隔世的感觉。幸福来得太快,总让人觉得有点不真实,与张劲东的再次相逢,是情缘未了,还是造化弄人?少年的情怀像早春的田野生机勃勃,一切都有迸发的可能,而中年的心境,更多希望的也就是现世安稳,岁月静好吧。人同此心,心同此理,自相遇,张劲东从未曾说过自己的家庭,而她,重逢半年了,还不敢去问张劲东这20年的情况,结婚了吗?家庭如何?孩子多大?潘多拉的盒子一旦打开,飞出来何物,根本不受自己控制。她多么担心美梦易醒，现实依然狰狞。

幸福来得快，节日也多了起来，生日送礼物，霜降吃柿子，立冬补身体，元旦大购物……在惦记与被惦记间，春节来了。

张劲东早一个月前在采购年货，今天买一些明天搬一点，裴映弘的小家很快变成了杂货铺，小小的厨房被金华火腿和冬笋挤满。张劲东说，他的拿手好菜是满汉全席，这两味主菜加鲍鱼八珍鱼翅煲成汤，再来当火锅汤底烫菜，那是一级棒。满汉全席是什么样，裴映弘觉得并不重要，重要的是，她的家里有这样一个男人，戴着围裙绕着锅灶转，想着法子折腾好吃的来喂她和她的女儿。冬天是个让人贪恋怀抱的季节，裴映弘不禁想，今年的除夕围炉，张劲东会在哪里过呢？

城市的除夕夜，似乎和平日也没什么不同，不能放鞭炮，气氛便淡寞许多，只有家家户户门上的春联提示这是一个阖家团圆的日子。春晚开始的时候，张劲东来了，不仅给朵朵派了红包，连裴映弘都有一份。冬夜里的火锅显得特别温暖，橘色的灯光下，三个人凑头，热气腾腾，酝酿出一室馨香。张劲东与朵朵抢火锅里的鲍鱼，先嬉闹一通，然后两个人对嘴分食。裴映弘看着这一切，喉头噎满，多少年，她孤灯冷对，除夕夜只以一碗泡面应付；多少年，她抱着朵朵，母女俩的围炉宴只比平时多炒一个鸡蛋。而今夜，一桌锦绣，她与爱的两个人对坐，美酒佳肴，今夕何夕。他们聊起了年轻时的记忆，聊圆山脚下那片荔枝林，最后，张劲东揽住她的肩说，过了初四，我带你去故地重游。你们母女接下来的日子，让我来负责。

夜里，张劲东睡在客厅，裴映弘失眠很久，睡过去一小会儿，便开始做梦，梦中的荔枝林，满目疮痍，早已不是旧日模样。

冬日严寒，天亮得迟，窗外还一片朦胧，门外已响起敲门声。裴映弘去开门，门外站着一个剪着齐耳短发的女人，左手右手各牵着一个小女孩。女人穿着素雅的紫色棉衣，一条白色围巾，唇边一抹浅笑，却掩不住宿夜失眠的大眼袋。两个小女孩约莫两三岁光景，嘟嘟的苹果脸，鼻子被冻得通红。眼前母女三人的身份，裴映弘心里了然，慌乱地掩紧了身后的门。女人好似不在意，她蹲下来，抱起两个小女儿，对裴映弘说，这是叮叮，这是当当，她们是双胞胎姐妹，刚上小班了，比朵朵小一些些。裴映弘不知做何答，只得不住噢噢。女人也不久站，她塞过来一个红包说，这是给朵朵的。下了两级楼梯，她立定回头说，麻烦你跟劲东说一下，今天我娘家人过来做客，请他早点回来。

　　身后，门响，张劲东出来，已是穿戴整齐的模样，叮叮和当当扑过来各抱住一条腿，连声喊爸爸，女人没有回头继续往下走，张劲东抱起俩孩子，对裴映弘说，我先送孩子们回家，你进去，屋外冷。

　　裴映弘生生挤出笑脸，不住点头，父女三人走了许久，她还愣在原处，许久，不知该做什么。下了楼，漫无目的在小区里转，单薄的睡衣裤，坐在冰透的石椅上，却不觉得冷。她一直在想她的往昔，初次相识时，郁郁葱葱荔枝林里，那个笑出一口白牙的少年。再次相逢时，那个成熟稳重，风度翩翩的男子。她以为，20载过了，她终于可以主宰自己的命运，却也明白生活不是想象，一个好的世界不会凭空而来，它需要人人参与创建，有共同的投入和产出。相逢，或许只是缘分交集的一个点，而她与他之间，彼此缺席，已经太久太久。生活，是要将错就错，还是转身就走？

　　初二，黎明前最后的黑暗，新的一天要开始了，裴映弘决定退出张劲东的生活，还他们家庭和谐喜乐。衣物收拾妥当，也不过是简单的两个行李袋。这么多年，一个城市一个城市流离，因为不定性，也因为没有多余的钱，并无添置很多东西。早慧的朵朵，麻利地收着自己的书，嘴角紧抿，倔强的小眼神，让裴映弘心疼。朵朵想要一个爸，而张劲东是最好的选择。但是，没有爸爸的痛苦，裴映弘深切体验过，她不能够因为自己的自私，让另外一个女人和孩子走自己的老路。这本来就不是她们的错，错的只是命运。

关上门的时候，忍不住还是掉了泪。朵朵伸手过来抹净，她抱住裴映弘的腰，说，妈妈，别担心，你走到哪里，我都会一直陪着你。握住女儿的手，仿佛握住了一生的归依，裴映弘欣慰的含泪笑了。是的，孩子终将长大，担子会越来越轻，年少的一段情，斗转星移几多年，历雨雪经风烟，不是不贪恋，而是深知，再也回不去最初。20年的风风雨雨，发生多少故事，所有的曾经，都将衍生不同的结果，没有人，可以不劳而获。

牵着女儿的手，坚定地走过长长的巷弄，古老的青石板路，坑坑洼洼，踩上去深一脚浅一脚。有曙光在人家的屋角渐次升起，路虽难走，却是迎向未来的，裴映弘心里踏实了下来。相逢的人会再相逢，若干年后，在某一个公园，裴映弘满头银发，张劲东双眼已花，她们带着各自的孙子，擦肩而过，也许认得，也许不认得，却一定都是生命最好的安排。

/ 我和世界之间,隔着一个你!

相遇,失散,在某个意想不到的时刻,再相遇,再失散。

那一天的雨，下得浓密黏腻，气压极低，雨水禁锢整座城。少年伯格在电车上突发猩红热，头晕不适，中途提前下车。

街上都是冒雨赶路的人们，伯格弓身蹲在昏暗的小巷里呕吐不止。公车售票员韩娜恰巧在这时下班，她看到了这个苍白孱弱的少年，心生怜爱，拿手帕帮他擦了脸，又提两桶水冲净他脚边的污秽，然后才把他拥进怀里，拍拍背，说，别哭，没事！

她牵着他的手送他回家，上坡的位置，他在上，她在下，中间隔着雪花纷飞。韩娜叮嘱他，好好照顾自己，伯格点点头，眼神里竟有些依依不舍，陌生少妇在他最需要的时候帮助了他，她的身上散发着母性的光辉，美丽而温暖，是他那个沉闷疏离的家庭从不曾给予的感受。

这是1958年的新城西德，战后重建，百废待兴，没有人知道，在这座城市的某个角落正在发生什么。

三个月后，阳光爽朗，伯格捧着花去感谢那个在他生病时给予过帮助的女人。花束映衬着年轻的笑脸，他又来到了阴暗狭小的过道，沿着楼梯而上，细细的寻找。留声机的音乐，正在熨衣服的韩娜，灯光曛然而温馨的小屋，处处弥漫着成熟的女性信息。这个地方，是夏日里的春梦一场，充沛着爱的追寻，又弥漫着温暖的渴望。妙不可言的缘分，注定他们相熟的偶然，也奠定了他们一生纠缠的必然。

自卑而内向的伯格每天一下课便飞奔而来，享受着韩娜的爱，同时也在她崇拜的目光下变得自信阳光。韩娜的小屋里，他们做一切恋人都会做的事，所不同的是，伯格每天都要给韩娜朗读，一本又一本的文学名著间，目光流转，爱意浓稠。

伯格朗读着荷马的《奥德赛》，"缪斯女神，歌颂命运多舛的男人，他总是被迫偏离航道，也曾经掠夺特洛伊的宝藏。""钻进一个长满藤蔓的房间，许多藤蔓倒挂，有人在藤蔓上睡觉。我的天啊，原来是我的老友吉姆。"伯格读得声情并茂，随着书中人物的命运,韩娜总是又哭又笑,或悲或喜,十分入戏。她37岁,他16岁,他们之间,横亘着21年的岁月,但爱情就这样不期而遇,凌驾世俗,跨越年龄,穿透尘光。

伯格在日记里写道,"我并不害怕,我什么都不怕,我的痛苦愈多爱得愈多,危险只会加强我的爱,它让爱更坚固,忘掉爱的偏见。我是你唯一需要的天使,你的存在将让生命更美丽,只有一样东西能让我们的灵魂完整,那样东西就是爱。"初涉爱情的少年,心中一片纯美,他是那般真挚地爱着她,怜惜、欣赏、向往,无所畏惧。

他要带她去旅行,要让她徜徉在阳光下,他求她请两天假,想把自己所有最好的最美的东西都给她。"我们去旅行吧,单车旅行,只要两天时间就够了!"说这些话时,伯格年轻的眸子热烈而写满期待,他早早已写好旅行计划,不惜卖掉心爱的邮册,愿意倾其所有,那样义无反顾。

阳光灿烂,田野金黄,他追逐着她,看着她如孩子般开心地笑,内心欢喜;他带着她,纵情徜徉,骑着车在田野里自由呼吸;他牵她的手坐乡间小院里吃饭,在老板娘猜疑的目光里,旁若无人地深吻她;他看着她为教堂唱诗班歌声感动得泪流满面,心中柔软。夏日朗朗辰光,他眼里的深情如一院蔷薇,院墙深深却无可遏止。

然,爱情多舛,快乐短暂,人心有需求有猜忌有阴暗,复杂难言。韩娜因被调往内勤做文字工作而心情不佳,伯格心里也不好受,那一天是他的生日,他抛了想要帮他庆生的热情的同学们跑来为她朗读,却挨了她一记耳光。他们爆发了争吵,伯格放声大哭,心里的委屈变成疑问,"为什么每次都是我道歉,你从没问过我好不好,一直都是你做主。"

韩娜也说了很多丧气话,大吵之后,她给伯格搓澡,全神贯注的擦拭着他的每一寸肌肤,细细地,用心地,不放过任何角落。

她想把伯格和她一起的爱情洗去,她想消失不见,给伯格一个干干净净的未来。

再相遇,已8年。

法律系高才生伯格,以法学院研究小组成员的身份去法院参加听证会,猝不及防看到了坐在被告席上的韩娜,她的身份是纳粹战犯,二战时曾加入党卫军,看守奥斯威辛集中营,并参与死亡迁移。面对法官咄咄逼人的追问,韩娜回答得天真冲撞而又真实,丝毫不懂得保护自己。她并没有像其他罪犯一样,极力否认自己的罪行,而是坚定坦诚地面对。纸笔摊在面前,法官令其留下字迹,与那份罪恶的报告比对以证清白,韩娜拒绝了,她承揽了一切,最终被判终身监禁。

旁听席上,伯格热泪滚滚,电光火石间,他的脑海闪过一个个片段。韩娜对出游安排视若不见;对着菜单四下茫然;从来不曾朗读……他忽然明白:韩娜是个文盲,她根本不识字,更加不可能去写所谓的报告。但是,为了掩盖这个秘密,她承认所有罪行,愿意交付一生的自由。

年轻时的梦想是很容易淡忘的,感情也是一样,此时的伯格是法律系的高才生,身边也有示爱的红粉,他的人生坦途正次第花开,但,面对自己曾狂热爱过的女人,他仍旧放不下,仍旧希望可以争取对她有利的证据和判决。

雪下得那样大,他等在监狱门口,一根一根燃着烟,他准备去见她,他想与她商议,如何托出证据助她减刑。然而,在走向会面厅的途中,在接近韩娜的最后一刻,伯格忽然折返,雪花似乎愈下愈大,愈飘愈多,他迎着来时路走出去,悲哀逆流成河。一个愿意终身监禁也不愿意让别人知道她不识字的女人,应视尊严重于生命,而他最爱她的方式,就是尊重她的选择。

时光荏苒,伯格成了知名律师,他结婚成家,生了女儿,有了稳定而优渥的生活。他是这个城市的上流阶层,住豪宅开豪车,享受成功所带来的各种成就感。可是，他不快乐，他与世界之间，始终隔着一个人，1958年的夏天这样让人难忘，以致他对家庭亲人都难以亲近，整日悒郁，最后只得选择离婚独自生活。

年少的感情是他心上的一道暗疮，爱恨交加说不清也道不明，也许更多的是悔恨，但爱的感觉依然深沉。夜里，伯格读书，扉页上，年少的字迹写着："缪思，歌颂命运多舛的男人，他总是被迫偏离航道。"人的一生，选择最难，多少人都被迫偏离航道，伯格觉得，自己是一开始就偏离航道的。在新城西德的小镇的夜晚，万籁俱寂，唯夜灯相伴。他再次取出一本本文学名著，在深夜一遍遍朗读，刻录成磁带寄给狱中的韩娜，又一步步往原先的航道行驶。

当陌生而熟悉的朗读声，在监狱的狭小空间响起时，整个世界都变成了温暖的花房。韩娜想起那年夏天，伯格为她朗读的契诃夫的《一个牵着小狗的女人》，书中的细节和对白历历就在眼前，一室温馨，两相欢情，永志不忘。尽管已不再年轻，但心怀憧憬的韩娜还是走进阅览室，她要打开那扇神圣的大门，走进她敬畏的文字的世界。为自己，也为伯格！

她可以自己签收包裹，可以自己去图书馆借书，可以给伯格写信了。她写道："多谢上次，我很喜欢""请寄更多罗曼史""我觉得席勒需要一个女人"，他为她的进步惊喜而欲涕，他的文件柜下层，满满都是韩娜的信件，但他却从不回复片言只语，只是在深夜坚持为她朗读。这是一种什么样的心态呢，爱与不爱，他说不清楚，但，22年的光阴，改变的何止是爱，那简直是千疮百孔一颗心！

西柏林的1980年，韩娜即将出狱，伯格前来探望。无情岁月，横亘成他们之间更大的障碍！湿润美丽的少妇，变成了满头白发，满脸皱纹的老妪，昔日懵懂青涩的小子，现在是功成名就的中年男人。监狱食堂的饭桌前，韩娜对伯格够过去右手，蓝色的眸子里，盈光闪闪，往事如歌。伯格伸出的左手，却有些犹豫，这几乎只是稍纵即逝的细节，但韩娜捕捉到了，敏感如她，怎会不懂？

可是，这个礼貌而节制的男人，也曾经是她的爱人；他在那些学业紧张的日与夜，坚持一遍遍为她朗读；他卖掉心爱的邮册，只为带她出去玩两天；他含笑望着她在唱诗班如孩子般潸然泪下，宠溺的眼神除去爱意别无他物；他也曾经想过去救她，大雪纷飞，他走向关押她的监狱，挤攘在探监的人群中，任雪花落满肩头；甚至，在见过她苍老的容颜后，他仍旧帮她找房子，安排住处，他把一幅画挂在墙上，退后数次看挂得是否方正。

彼时，他问："这么多年，你回想过那段时光吗？"

"是我们在一起的时光？"

"不是。"伯格眼神里冷静而回避。

韩娜眼睛里的神采完全黯淡下来，"不，在审判前我从未想过。"

"你在狱中学会了什么，韩娜？"

"学会了阅读，孩子。"

从法律上讲，韩娜是恶的，她是一个不折不扣的刽子手，按照自己的规则挑选犹太人去送死，好为新的犯人腾出空间，她死锁牢门使火灾里的犯人无法逃生。可是，她不是也在大雨中拥抱过孤独失意的人？

人的情感如此脆弱，如同人性，亦如生活，多变、复杂，且难以把握。

伯格如约前来，他抱着一大束花准备接韩娜出狱，尽管曾经沧海，他还不能如当年那样热烈地拥她入怀，但他心里牵挂清晰如旧，他仍愿意为她介绍工作，安排住处，给她介绍朋友，关照她余生。

可是，她却已经不在了。

韩娜在狱中待了超过20年，对自由的向往应如闻天籁之声，然而见过伯格后，她并没有打包行李，似乎是打定主意不再出去。她选择自杀，倔强的赤足踩上用一生力气去靠近的书本，与这个混沌未开阴晴无定的世界说了再见。也与那个用朗读声陪伴自己走过半生，带领自己冲破内心阴暗的枷锁，给予自己生存希望的爱人，永别此生。

走进关押韩娜的牢房，小小的空间，一床一桌，满柜书本，一墙的读书记录，那上面写着："最新八卦是路上出现新脸孔，一个牵狗的女人。"这是伯格给韩娜朗读的第一本书，也是韩娜学识字的第一本书，来自契诃夫的《一个牵狗的女人》。韩娜的遗言中，托伯格将她存了几年的钱转交在集中营的幸存者，而对伯格，并无话说，只写了句"向伯格问好。"坐在残存韩娜气息的床上，伯格压抑许久的情绪忽然失控，他失声号啕起来。

曾经孤独、自闭的两个人，相遇、相惜，彼此关照，成为生命和灵魂的支撑，却又遥遥相隔在两个截然不同的世界里，经历漫长岁月，不再亲近。或许，人生大抵如此，相遇，缠绵，失散，在某个意想不到的时刻，再交集，再失散。战争，让所有人和事变得如此渺小，而现世，又何尝不是这样？

时光走得那么快，几十年弹指一挥，茫茫尘世，什么样的爱才叫真爱？是设身处地站在对方的角度为TA着想，拥她入怀给她最好的爱？还是无论时光如何斗转，我与世界之间，始终隔着一个你？

他是米夏伯格，她是韩娜·史密兹，他们相遇在《朗读者》，用尽一生，"为爱朗读"！

/ 你是那个送快递的

她是他私藏的一颗蜜糖,带着日月星辰的光芒,带着世界上所有的甜蜜和慌张。但,她不认识他,真的不认识。

袁一肃今天踩点上班，昨晚同学会，他喝多了，一夜头痛，早上无论如何起不来。这种事也算个例，平时，袁一肃永远是办公室里来得最早的那位，9点上班，他8点30分已经到了，刷了卡，擦桌子，泡茶，开电脑，看一会儿网站新闻，然后开始工作。28岁的三好青年，出身小镇，家境一般，读到大学虽不至举债借款，但也算清光了家里不多的积蓄。

也因此，袁一肃特别自律而认真，不仅白日勤勉，半夜还坐在电脑前学习和工作。不管合租室友如何喧嚣，他只看牢他的电脑，键盘声此起彼伏，他全神贯注，通常要到午夜。仿佛必须得是这样的夜以继日地用功，才有机会踏上青云路，一直走，走到云深处。

轮渡以东，演武桥如白练旖旎，空中往下望，美感更添几分。袁一肃每天都在这幢高楼进出，脸挂微笑，穿着公司发的白衬衫黑西裤，领带是红色细格，头发也打理得干净整洁，制式外形，像保险从业者，又像中介经纪人。而事实上，他在某财富公司里从事投融工作，算是下一个十年很有前景的金融工作者，但没办法，P2P负面案例太多，他的闪点目前还很难被周围人所接受。

从后门进大堂，闻闻身上，宿醉的酒气还很浓烈，但也管不了那么多，火速跑向2号梯，直升到一层，九点半，上班高峰期已过，寥落进来几个人，均不由自主掩口鼻，袁一肃很不好意思，脸红到了耳根，但同时也很慌张，自己到底是有多臭。

临关上门的一刹那，一个女孩飘了进来，淡淡的香水，稀释了空气中的酒味，真是救星一枚。紧张的空气瞬间松弛，大家的目光都被吸到了女孩的身上，她实在长得美，眉眼精致，脸颊泛粉，晶亮的双眸让密闭的电梯间一下子舒畅起来，纤细身材，穿一件合体的连衫裙，裙裾飘飘。末了，他俩竟然在同一层下电梯，袁一肃故意放慢脚步，看到她进了南侧的那家网络公司，他偷偷拿出手机对着她婀娜的背影拍了张照，空气中的芬芳，淡雅清新久久不散,像童年老屋窗下的那株含笑花。

一见钟情这种事,听起来玄乎,其实就像一种病症,不落到自己身上根本无法想象,明明初次见面,却像千年熟知,一颗心七上八下,一个人神魂错综,食不甘味,夜不成寐。

袁一肃就是这样的,常常的,明明上着班,却还条件反射时不时跑到楼道去看看。逼仄的走廊口、方正的电梯间,处心积虑希望出现偶遇,很奇怪,一次也没。

袁一肃动了很多心思,隐讳而势在必得地去问她的名字。颜歌,容颜的颜,唱歌的歌,人好看,连名字都额外好听,袁一肃在心里意淫,有着这样美丽容貌的女生,如果比拟为一首歌,应是抒情曲调,民族唱法,山高水长的音符,把心甜化。

每天,早上八点五十分,袁一肃站在大堂的消防楼梯口,远远地看她走过来,看她进了电梯,他就走出来,装作不经意,与她一起坐同一个电梯,上同一个楼层,连续半月,每天如此。虽然也不能怎么样,但能站在她的旁边,与她保持不到10厘米的距离,他心里也有甜蜜的满足感。

思维不受控制,神魂容易颠倒,说的大概就是这般模样!

某天,袁一肃上洗手间回来,碰到推着一个大箱子费劲前行的快递小哥,他顺路搭手,却赫然看到上面收件人的名字写着"颜歌",瞬间,心跳极速加快,他装作淡定对快递员说,"就放在这里吧,我帮她拿进去。"快递小哥乐得如此,签了个字就赶紧下楼了。

袁一肃深吸了好几口气,负重去按门铃,不想出来的正是颜歌,她穿着一件淡粉色的外套,脖上一抹兔毛围脖,端庄而俏丽,她问,这是我的快递吗?

是,是的,我帮你搬进去办公室吧!很重!

她的办公区域,一个小小的卡位,铭牌上写着人资部。袁一肃蹲下去把箱子推进办公桌下面,看到了电脑机箱旁放着她小巧而纤秀的一双银白色高跟鞋。

那种感觉，隐讳而甜蜜，带着只可意会的小秘密。直起身，面红耳赤，赶紧找些话来说，"这寄的什么，这么重。"

颜歌笑着，"水仙花头，好多人要呢，呵呵。"她很爽朗，笑起来声音婉转。袁一肃有些看痴了，不知道自己是怎么走出来的，回到公司坐定，一个人还在愣神。

第二天清早，在梯间里碰到，袁一肃鼓起勇气打了招呼。"你好，颜歌！"

颜歌抬起头，扫视袁一肃两秒，条件反射般说"你好！"然后就无话了，过一会儿又说，"我想起来了，你是那位送快递的先生。"

话音刚毕，电梯到了15楼，颜歌出去，门又很快合上。袁一肃连解释的机会都没有，愣愣坐到30楼，又坐下来，心中茫然。她是他私藏的一颗蜜糖，带着日月星辰的光芒，带着世界上所有的甜蜜和慌张，但诚实的现实诉说着答案，颜歌不认识他，真的不认识。

春天到了，时日晴好，美丽的鹭岛处处花红柳绿，空气中散落着氤氲而暧昧的气息，袁一肃多想捧着一束花站到颜歌面前，看着她会说话的眸子浅吟低唱！路过花鸟市场，花与草都开得灿漫，他鬼使神差地，下车订了一束。

浅粉色的粉佳人玫瑰，搭配圆滚滚可爱的乒乓菊，中间插几支碧翠的尤加利叶，哪个女生能拒绝这份甜美呢！袁一肃给自己打着气，破釜沉舟去按隔壁公司的门。来开门的正是颜歌，春天了，她的厚外套已经脱下，一件开司米的套头衫，看起来质地很好，她似乎瘦了些，人却很精神。

"颜歌，你，你好，我想，想把这束花送给你。"海上月是天上月，眼前人是心上人，袁一肃有些窘，说话不免有些结巴。

"你要干吗？"颜歌后退几步，声音提高几个分贝，她看起来有些慌张，一张桃花脸憋得通红。

袁一肃也慌了,他急急说:"你别喊,我们认识的,你忘了!"

颜歌稍安定,定睛看着袁一肃,带着不是很肯定的口气说:"你是那个送快递的吗?"

"是是,我过来送快递,但没人收,你行行好,帮我收了!"袁一肃随便找了个理由,说完便匆匆把花递给她,从楼梯通道落荒而逃。

黄昏,街头寥落,袁一肃绕城,不知要往哪里走,天边,是残阳将退,灰蒙蒙的天宇,像他彼时的心情。

袁一肃请了年假,因为房东要卖房子了,要求他们立刻搬走,他们开始掘地三尺找房子,前前后后折腾一周。回来上班,一连数天,都没有再见到颜歌,楼下等着每每落空,几次借故在她公司门口游离,也觅不到一点踪迹。

曲线救国,七弯八绕,袁一肃认识了颜歌的同事,原来她已经辞职,两天前刚回到故乡龙海——那个盛产水仙花的地方。他们竟是同乡,袁一肃始料不及,却也满怀欣喜——有共同的乡风乡情乡音,接近她应该会更有可能。

袁一肃疯了似地打颜歌的电话,起初还能通,后来便提示欠费停机。为了联系她,他帮她缴了费,不间歇地按重拨键直至深夜手机重新开通。线那端有人接了电话,是梦里乍醒的含糊之音,糯软的闽南话问,谁啊?袁一肃听出来确是颜歌的声音无疑,虽然他们统共只讲过不到五句话,但他却深深镌刻在心里,他记得她声线甜美,娇憨的声音柔柔说,你是那个送快递的!

我不是送快递的,不是不是不是!袁一肃在心里千万遍地这样回,只是当电话接通,与颜歌在同一个频率时,他不知该说什么,也不知要如何介绍自己,只得静默着听自己越来越响的心跳,大口大口喘气。不一会儿,对方挂了。袁一肃放下电话,觉得十分满足甜蜜,虽然颜歌只说了两个字,虽然她并不知他是谁,但,他的心忽然就安定了下来,生活上琐碎的不愉快一扫而尽,心情风轻云淡，一整天都像踏在九层云之上。

似曾相识，而又相隔遥远，这种感觉真是让人彷徨，而彷徨恰又是爱情里最常见的模样。为了排解这种彷徨，总得找个出口，袁一肃于是给颜歌发短信，都是笑话和段子，年轻人间经常传来传去的，无任何特定的意义，只是因为好玩。而他，把这当作了与她的对话，每发一条都觉得心安，尽管颜歌从来没有回复。

袁一肃还去找一位知名的画家学画素描，并不是兴趣，仅仅只是为了能够画出颜歌的模样。夜里，他坐在灯下，一点点着磨，一步步精进，两个多月后，竟已能画得八分传神。回乡时和在公安局工作的同学说起，希望能通过同学的关系找到颜歌。一看画像，对方即惊呼，是不是叫颜歌啊，她明天晚上要结婚了！

从户籍室的玻璃望出去，门外是一棵苦楝树，阳光从叶缝间透下，斑驳陆离，世界有点倾斜。

全城最好的海鲜酒楼，七点整，袁一肃和同学一起去了。远远的，就看到颜歌和她的新郎在门口迎宾，纯白的婚纱，前面缀着一大片的珍珠，闪烁的眸光，初见般晶莹而动人。一阵风吹来，他看向她裸露的双臂，想着她不知会不会冷，一瞬间鼻头有些发酸。真想把她抱在怀里，把她好好暖暖！

参宴的宾客真多，门口都排成了长队，经过颜歌的面前，袁一肃把手上的花递过，玻璃纸裹着一大束，是紫玫、百合和巴西叶，花语蕴藏暗恋，他不知道她能不能懂得。可是，一开始她还是没有认出他，只是娇笑着示意新郎接他的红包——她以为，袁一肃是新郎的亲友吧！

袁一肃鼓起勇气，不甘心地说，"你好，颜歌！"

颜歌愣了，微仰着头看着袁一肃好一会儿，不太确定地说："你，是那个送快递的？"

袁一肃的眼眶有些潮热，他欲言又止，表情复杂。而新郎探询的目光像一枚子弹，立刻就要射到了他的脸上，同学赶紧拉了袁一肃进场。

那一夜，袁一肃控制不住自己似的，几次想冲到主桌去对她说，我不是送快递的，我是袁一肃，我喜欢你，比很久还要久！但，看着她巧笑倩兮的样子，通体发光写满幸福，袁一肃怎忍心上去作乱。他把洋酒啤酒白酒兑在一起喝，很快就醉得人事不省。

醒来，已是第二日中午，头痛欲裂，感觉身体都不是自己的。这是袁一肃有生之年第二次喝醉，第一次因酒得福，延迟上班初见颜歌，她穿着一套果绿色的小香风套装，娉娉婷婷走进了他的心房；第二次喝醉，才知第一次的酒是祸，把一个一心向上的三好青年拉进了爱的泥淖，他在心里与她作别，这一次她穿着代表幸福的婚纱，纯白胜雪，精白似盐，在袁一肃的伤口上，撒了一把又一把。

同学说颜歌其实长得很普通，除了模样端庄点，实在算不上惊艳，搞不清楚袁一肃为何会像丢了魂。或许，每一份情到深处，都会独自创立自己的审美标准，在彼时一怀爱意的心里，再普通的女孩都是天使和女神！

时间把往事推走，哪管你的伤痕有没有愈合。袁一肃依然是这座城市里默默打拼的有为青年，朝八晚八，为自己的理想日日执着。一切似乎和原来没什么两样，但一切也都已经完全不一样了。他常常想起那段爱情独角戏，想起那些想见她、想爱她、想为她分忧、想把最好的都给她的那些时日。为了爱她而产生的所有情绪，现在变成了袁一肃一个人的回忆。爱过一回，已经无悔，尽管在爱的人心里，自己只是个送快递的。

/ 记得当时年纪小

每个人都牵过命运的翻云覆雨手,还得尽量装作心平气和。

1997年，香港回归！陈小凌一个人跑去尽兴玩了几天，回来时，闽南的夏季热烈绰约，她拿到了毕业证，分配到老家最好的幼儿园任教。小学跳级两次，初二拿到全国舞蹈比赛二等奖，在这个人口不足5万的小县城，陈小凌是个风云人物，姹紫嫣红的人生渐次铺开，放眼望去，一程都是风光坦途。

周五，17:30，陈小凌骑上阿米尼出发，穿过九二南路，穿过锦江道，直抵城市最中心的"宋氏潮流时装店"。店老板宋至刚家里世代经商，父母早年去东南亚做生意很是发了一笔财，在县城中心开了全城最高档的时装店。陈小凌和宋至刚青梅竹马，同窗12年，去外地上幼师时，也是书信频繁联络。陈小凌那些少年单纯的心事，防着父母，却只与至刚说。每当陈小凌碰到困难，宋至刚总是第一个挺身而出，有一次，陈小凌和上铺的姑娘因为掉饼干渣的事情吵架，信里随口一说，宋至刚傻乎乎竟坐了一天的火车跑过去，到的时候，人家俩姑娘已经又好在一起吃冰激凌了。宋陈两家父母常多次开玩笑要儿女联亲，每每说到这个话题，宋至刚就挠头笑，陈小凌则嘻嘻哈哈。少年时不懂爱情吧，那样的亲昵和不设防，是不是爱情的另一番模样？陈小凌并未细想，但在当时，她觉得嫁给宋至刚其实也不是完全不可以的吧！

夏夜，玉兰飘香，陈小凌和宋至刚相约去唱歌。那个时候流行开放式歌厅，和现在的KTV包厢不一样，大家都在大庭广众下唱歌，点歌由人工后台控制，你想唱什么就写个纸条递上去。圆桌散落摆开，每个角落都能看得到正中的舞台，边坐着喝饮料嗑瓜子，边听台上的陌生人唱歌，也是不错的感觉。跃上宋至刚的皇爵太子，陈小凌的心情也像玉兰一般馥郁，一路呼啸，有风在耳畔呼呼作响，年少的快乐常常来得简单。

"喜来登KTV"是当时很流行的一家开放式歌厅，音响设施都挺好，气氛也很热烈。去的时候，十余组位置已经全都坐满，霓虹灯闪烁，正中不大的舞池有两对正在曼妙起舞。台正中，有人正柔情似水地唱着闽南语情歌，深情的调子配他柔性的嗓音，听起来舒服极了。"手提伤心的行李,今夜决定要离去,看到你伤心的泪滴,我的心儿也悲戚……"一曲终了,他竟然唱起了英文歌曲,柔和而有磁性的声线,还带着一点点的蛊惑。陈小凌被吸引,放眼望去的这一瞥,是她与许广平的第一次见面。彼时,台上的男孩身姿挺拔,不胖不瘦,穿着一整套白色的短袖运动衫,迷离的灯光里,他炯炯的目光仿佛具有穿透的力。

就是这样的一个夜,18岁的宋至刚忙着找老板协调选位置,16岁的陈小凌傻傻地站在入口处对着台上的歌者鼓掌不息。窗外的玉兰花攀爬过二楼的阳台,香气四溢,让人有些沉醉,直至被至刚拉着坐到角落的双人座时,陈小凌的心还扑扑的跳着。

坐定,刚喝了一杯饮料,陈小凌便看到刚才唱歌的男孩走了过来,白色的衣,在夜色中闪着盈盈的光,走近了,愈发看清他的长相,浓眉大眼高鼻梁,棱角分明的双唇因为笑意而微微上翘。

"你介意一起跳支舞吗?"他明明是邀约的,但脸上帅气而自负的神情仿佛一个骄傲的王子。

陈小凌还不知道该如何回答时,宋至刚已经站过来说:"平哥,这里太挤,我们想走了。"对方也不强求,"噢,那好啊,改天还有机会,我敬你们一杯。"他一仰脖喝光了杯中的液体,露出率性而洒脱的笑容说,"希望还有机会见到你。"他走了,还频频回头对着陈小凌作再见的手势,调皮的神情像个好玩的孩子。

"他是谁啊?"一出门陈小凌就忍不住问。

"许广平。"至刚有些愤愤然,"真后悔晚上带你来这里。"

他就是许广平?陈小凌有些吃惊,还在小镇上读书的时候,他的大名就如雷贯耳,当然,这不仅仅因为他跟《两地书》的女主角同名同姓,而是因为常有他的风流韵事传来。有人说他十五岁就开始有固定女朋友,有人说他打架不要命,有人说他的父亲在省城身居要职……流言蜚语,各种版本,为这位公子哥的背景镀上了纷繁复杂的底色。可是啊,夏夜美好中那么年轻帅气,温文尔雅的一个人,怎么可能是传说中的纨绔子弟?一路无言,陈小凌早早地回家，坐在竹竿厝的天井里发呆，满天星光，照着被睡成了古铜色的竹凉椅。她把自己摇得像灵魂出壳，却无法摇去今夜霓虹灯下，许广平玩世不恭的一抹笑。

周末的午后极闷热，陈小凌想出去走走，兜兜转转，又到了宋至刚的服装店。整排店连宅朝向均向西，每到下午，总有夕照光临，因此至刚总是把卷帘门卸到半中间的位置，与往日不同的是，他的卷帘门下停着一辆三菱吉普，90年代中后期，车可是稀罕宝贝，陈小凌冲过去啪啪拍了两下车身，又用脚踢了踢轮胎，"好家伙，硬朗着啊，至刚，这谁家的宝贝停咱这来了。"话音未落，条件反射般猛然抬头，入耳的一声"嗨"清清朗朗传来，是他，许广平！

宋至刚一脸漠然，倒是许广平反客为主说："进来聊聊，你看怎样？"他边说边走到店左侧按开关，把卷帘门全收到了屋顶，阳光已经柔软，店里亮亮堂堂。

"小凌，没事跑来这里干吗！"宋至刚的语气明显不悦，陈小凌不敢跨步进去。

"你叫小——玲，玲珑可爱，还是灵气逼人？"许广平问，几个同音字信手组词顺带夸人于不动声色间，并非草包。

"凌厉逼人还差不多。"陈小凌嘟囔道，许广平笑了起来，宋至刚气鼓鼓地拉下卷帘门说，"你们就站在这里聊吧，我关店了！"

陈小凌还呆怔着，许广平忽然牵起她的手说，"走，我带你去感受一下越野车的速度。"他为陈小凌打开车门，送上副驾位，扣好安全带，然后才回到主驾位启动汽车。陈小凌有点头晕，她想起了当时她极喜欢的池莉的一篇文章，帅劲的康巴汉将女主角拥到马上，不由分说纵马驰骋，马背上的女主角为突如其来的惊喜意乱情迷，她闭上眼睛纵情享受那一刻，希望草原永无尽头。陈小凌当时就是那种感觉，头脑不清醒，心却怦怦跳，车子掠过那片红树林时，陈小凌看到一抹夕照在碧绿间折射着金黄色的光芒，而身边的许广平穿着是一件长袖的白衬衫，领口和袖扣都扣得紧紧，比起那晚的洒脱更多出了庄重和平和，陈小凌忽然就妥帖了下来。

自那次以后，仿佛自来熟，许广平总是有许多办法可以约到陈小凌。天气不错一起去沿江小道走走，茶馆到了新茶不喝两杯真可惜，临市的九龙公园的展览听说是省城来的，锦江道有家店发明了椒盐生蚝的新吃法，或者有时，许广平仅仅是站铁校门外看陈老师带孩子们玩游戏……陈小凌清朗朗感觉，许广平正在一点一点走进自己的心里，而自己也正在慢慢接纳他，她发现他惯于插科打诨的背后其实有着感性和细腻的一面——他总是能够体会她情绪上每一点细微的变化，能感受她爱并抗拒的小小的悲欣交集。他缓缓地，慢慢地，不强势不退缩，以一个陪着的姿态，耐心等待陈小凌自己听清心里的声音。陈小凌很是惊慌失措，她想要抗拒却只是徒劳，那种感觉，很像吸毒，明明知道自己不应该陷进去，但往往会有一念之差，忍不住地想要全身心给予换取片刻的欢愉。

秋天很快到了，幼儿园孩子们的校服换季，陈小凌受学校委派去临市的服装厂交订金。往常，陈小凌定会叫上至刚同行，但自从那天的事情后，他们已经很长时间不见面不联系了。

陈小凌决定自己去。下车、辗转街巷、频繁问路，服装厂竟然还离得很远，远在离城区有15公里的市郊的工业区。她只得又招了辆摩托车，"摩的"师傅加大油门，由慢到快向前驶去。一路上碎石烂土坑坑洼洼，车忽左忽右来回颠簸，陈小凌一路提心吊胆紧紧抓住车后座，生怕一不小心就颠到地上，摔成肉饼。过了一会，路平坦许多，当她下意识摸摸口袋，差点没吓昏过去——口袋里空空如也，那个装钱的大信封不知什么时候已经不见了。差摩的师傅回头找，什么也没发现，走路沿街左右侧逡巡，还是没有信封的踪影，面对着四处陌生的一切，陈小凌有些慌。

屈身在简陋食杂铺的电话机旁，拨那个烂熟于心的传呼号码，半个小时后，许广平从天而降，他带了钱来帮陈小凌付了订金，又带她去九龙江畔吃最有名的江东鲈鱼。

西溪之水，印着月色温柔，青山如黛，隐约可见俏立的剪影，凉亭旁，一株合欢树，微风轻拂，叶片逸动。许广平轻轻抱了抱陈小凌,说:"做我女朋友吧。"

陈小凌没有挣脱,她答:"听说你有很多女朋友,我需要考虑。"

"嗯,不用急!"许广平这样说着,却把陈小凌拥得更紧。天上,一轮圆月如明镜,照出两个人心心相印的剪影,幸福次第开花,爱情原来是这么神奇而美妙的感觉呵。

月夜定情,而许广平不知为何却再没出现过。陈小凌碍于面子,也按捺着不去联系他。过了一周,她忍不住打了个传呼,许久,竟也等不到回复。正心烦意乱间,宋至刚来了,他一落座就急慌慌问,"你和许广平发展到什么程度?"陈小凌沉默着,宋至刚继续说,"你们不合适,他是谁,你是谁,这个人你招惹不起的。"

"我们只是普通朋友。"

"许广平带了一个女孩子去省城了,听说这是他的又一个新女朋友,小凌,我非常担心你,你知道吗,他那个人……"宋至刚还想再说什么,陈小凌已经打断了他的话,说,"我累了,你赶快回去看店吧!"

许广平出现的那天,是寒假前的最后一日。放学的高峰期,校门口挤满了接送孩子的家长。往常,陈小凌会开偏门让许广平进去,但那天,她冷着一张脸,在铁门内与他两两对峙。汹涌的人群渐渐退去,许广平还站得远远的,脸上是散淡的表情,似乎心事重重。陈小凌陷在自己的委屈里无暇他顾。她想,许广平一定是来解释的吧,而此时,她哪想听什么解释,少女的骄傲让她负气着,明明心里爱着,却还是要维持表面拉锯,要晾着他,看他为自己难受和抓狂。

但,许广平没有再出现。

整个寒假,陈小凌都闷闷不乐,新学期开始的时候,她决定离开。这是个少年意气的决定,但陈小凌觉得自己深思熟虑,亲人的相劝根本听不进去。束手无策的父母找宋至刚帮忙,但他来了以后其实也没什么用——欢声笑语只属于年轻的毫无芥蒂的心,经历过许广平,陈小凌的心一夜苍老,仿似刻上了圈圈年轮,此时，谁的话她都听不进去。

离开小县城那天，陈小凌哭得稀里哗啦，她伤心从此以往，任凭如何繁华万丈，都无法与脑海中的小镇相比；如何灯红酒绿，也无法回到那样一个玉兰醉人的夏夜；她伤心年少的一段情，尚未开始已经结束，从此以往，想念只能在心底深处，不会再有复活的可能。

陈小凌去了临海的特区，几乎是以众叛亲离的姿势。这里人才济济，没人会刻意去记住你的往昔，她先是入职一家很小的托儿所，尔后又转战培训机构，日子过得有些模糊，一晃已经多年。

她后来自己开了家托管班，生源难招，老师也不好请，陈小凌有段时间非常困顿，直到何超的出现，阳光开朗的东北小伙，能说善道，很具亲和力，他帮着陈小凌去学校门口发传单，一个个和家长谈。他和陈小凌说，别担心，会好起来的，有我呢！

陈小凌结婚的时候，宋至刚喝多了，拉着新娘坐在天台絮絮叨叨忆当年，他说许广平移情别恋的事是他瞎编出来的，当时只是单纯以为这样就能让他俩分开。不过他也是很久以后才知道，许广平去省城是因为他的父亲被双规了，母亲突发脑溢血，家里一夜之间变了样，房子车子都被查封了，母亲去世以后，他只得远走异乡。

陈小凌生生把泪逼了回去，不肯弄花脸上的新娘妆。"小凌，你和何超之间，有爱情吗？"宋至刚喃喃地问着，"我也曾经爱过你，你知道吗？"

天台的风那么大，吹干了陈小凌眼眶的泪，也吹走了宋至刚的话头话尾。陈小凌喝光了宋至刚瓶底的酒，人有些恍惚。爱情？什么是爱情呢？陈小凌觉得爱情是15年前的旧影，是少男少女的绮梦，清新美丽，却往往要败给现实。那么现实是什么呢？现实就是，再没有那么一条路能够带我们回去，我们只能不断往前走，走到一个自己估量不了也决定不了的人生。很多时候，人生并没有太多的选择，是命运推着我们不断地往下走往下走。

其实走完一段之后回头看，年少时真正能记得的感情真的没有多少，真正无法忘记的人也屈指可数。人生的旅程，就是这么一段又一段随缘起落的过程，历来如此……

/ 你的笑对我一生很重要

若干年之后,我想我会跟你去山下人迹稀少的小镇生活。清晨爬到高山巅顶,下山去集市买蔬菜水果,烹煮打扫。午后读一本书。晚上在杏花树下喝酒聊天,直到月色和露水清凉。在梦中,行至岩凤尾蕨茂盛的空空山谷,鸟声清脆,一起在树下疲累而眠。醒来时,你尚年少,我未老。

——《眠空》

最后一次与彭家赫喝咖啡，是在机场。彼时，钟晓雯思绪零乱，握着咖啡小勺，像握着一把矛盾心事，一遍遍，把如蔓草疯长的悲伤再三搅拌。她不知道自己做的选择是对是错？关于爱，最好的方式是两两相忘还是长相聚首？

咫尺之外，重重玻璃门隔绝开外场喧嚣，却可以清楚看到旅客传输带匀速向前，行色匆匆的人们提着这样那样的行李，似乎正在进行着太极里的一场时空倒转，舒缓，迷幻。

和一个城市做道别，也许惨烈，也许美好，每个人各有各的因果，根本无须猜测。有时候坚持会让一切错综复杂，放弃或许就来得更容易一些。

钟晓雯想起与彭家赫的初识，想起那家颇负盛名的"不见"咖啡馆。老城区的巷弄中，草木深深，把繁华和浮躁掩映，"不见"取的便是此意。钟晓雯喜欢那里的简静和典雅，喜欢携一本书要上杯"摩卡"边看书边慢慢啜饮。她历来喜欢摩卡，迷恋苦而不涩的咖啡香中那股淡淡的酸味，润泽着肠胃，煨香唇舌，让咖啡在口齿间很不经意地留香，她认为那是对自己曲高和寡的最好陪衬。

钟晓雯，35岁，未婚，连恋爱都没好好谈过一场。她曾是这座城市的高知女白领，多少青年才俊拜倒石榴裙下，7年前，与白伟良万事俱备只差一场婚礼时，母亲忽然爆发脑梗。弟弟远在欧洲，外派，签了十年，如果合同不满将面临巨额赔偿，钟晓雯义不容辞承担起照顾寡母的义务，她辞掉工作，接一些单子在家做，每天无数遍为母亲擦身喂食倒屎倒尿，婚事只能暂搁。白伟良起初还来探望，后来便彻底消失不见，也难怪，久病床前无孝子，何况是一个毫无血缘的人。钟晓雯并不怪他，人性的弱点，你不可能要求人人来为你做奉献。好在她能力强，收入慢慢好了起来，她请了护工，世界把人逼到墙角时，也只有自己能许自己一个小小的透气的窗口。

只是，再也没有人会来找她谈爱情！现世的爱情多么现实，妙龄女尚且考虑身家背景收入几何，钟晓雯已经跨入大龄女性行业，且身边又有负累，看过人性冷暖，她有自知之明。

鹭岛的春一直冷，年刚过完，却连续阴雨，一杯热咖啡，半个下午的清静，让钟晓雯卸下现实生活中无可躲藏的压力和苦难，让她暂时忘了生活中的各种不顺。每天下午，她拾掇自己，出门500米，左拐，沿着老巷子，一路清理自己的负面情绪，20分钟走到咖啡馆，让一盅香杯，提振自己的正能量。她以为人生如止水，时光将在这样的停停走走坐坐间消融，不曾想过有一日会在这里碰到生命中至关重要的人。

同是"不见"咖啡馆的常客，晤面是常有的事，午后近黄昏，咖啡馆的人一般不多，钟晓雯很自然地注意到彭家赫，高大俊朗的男子，眼神明亮，十分阳光的笑容，暖意洋洋。他背着一个双肩包走进来，上衣是棉麻的衬衫，应该是双层的棉纱质地，看起来略显挺括，下身穿着工装裤，卡其颜色，好多口袋，看起来风尘仆仆，却又特别有味道。他们对视时，钟晓雯总会为他的笑心跳加速，但从未交谈。钟晓雯性情散淡，带着那样一点矜持和骄傲，不会轻易开口跟陌生人讲话。而彭家赫则认为自己没有必要认识任何人，他刚从一个遥远的城市飞来厦门，为的是看看这座素以温馨著称的海滨城市，还有海滨城市里美丽的小岛鼓浪屿。心愿已了，剩余的便是随意，也许住长，也许住短，也或许他明天就会扯一张机票飞到另一个更为遥远的城市去。喜欢浪迹天涯的人是不需要朋友的，有了，便会多牵挂吧，牵挂历来让人累。

情人节那天，钟晓雯如常撩开"不见"精致的珠帘后，才意识到在这丘比特的日子里独品咖啡实在有些匪夷所思。于是就想离去，也许到中山路，也许去SM，热闹的地方容易冲淡人与人之间的探询，一个人也就比较顺理成章了。她愣了一会儿，借于此调整思绪，然后就抽身退出了里间，刚欲离去时背后响起悦耳的男声,"嗨,这位,一起喝咖啡!"

她有些意外,但并不一惊一乍,只是歉意地摇摇头,不置可否地咧嘴。对方则摊开双手,曛然灯光下的笑,此时带了那么一点蛊惑:"没别的意思,想找个人聊聊天,AA制付款,OK?"

是的,这个人,是彭家赫。钟晓雯坐了下来,他唇红齿白的笑容里分明有什么因素在蛊惑着自己不懂拒绝。"试试蓝山咖啡,香醇甘美,挺好的。"彭家赫说话语速轻缓笃定,笑容却很阳光,怎么看都有点孩子气。

钟晓雯摇头,"不,我喜欢摩卡。"

"蓝山咖啡柔顺细腻,特别适合你这样的女生,一袭曳地长裙一款含蓄的笑,一头柔软的秀发,还有一双幽幽的眼睛。"彭家赫有些入戏,柔柔的声音带着陶醉,仿佛正陷在自己勾勒的意境里,"风起的时候,直发轻轻飘,好雅致,就像一阕宋词。"

学中文的钟晓雯很为这种特别的表达方式打动,脸却微微有些发烫。抬头看彭家赫,发现他也正在望着自己。透过桌上的跳跃烛火望过去,彭家赫笑真的非常具有感染人的力量,日月同辉,山水尽融,让钟晓雯黯淡的心情也着上了点点亮光!

那夜,不是情人的他俩度过了一个快乐的情人节,直至午夜,彭家赫才提出送钟晓雯回家。

静静的夜色,是一潭深水,所有的生灵都已睡了,只有他俩的足音,敲出一长串的音符。彭家赫明显的心情很好,他跟钟晓雯说了自己所有的事,研究生毕业,分配去博物馆,本来以为可以在那里好好研究自己喜欢的历史,却遭遇很多无厘头的尔虞我诈,慢慢地又发现读万卷书终归纸上谈兵,实质上,千山万水间藏匿的历史,更值得找寻。他用十年时间走了中外100个国家和地区,间或为一些杂志社摄影写稿。

钟晓雯在介绍自己时,刻意隐去母亲卧床的那一部分。对于彭家赫,她心里有异样的感觉,这感觉是对他敢想敢做敢听从内心声音的崇拜，也因为不知为何对他相见恨晚。她不想让他知道自己的家事，其实是不想接受他或同情或审视的复杂目光！这世上有很多痛苦并不必去向别人说，因为别人很难感同身受，反而，打落牙和血吞会让自己渐渐地成熟和勇敢起来。外表柔弱的钟晓雯，内心其实有很刚毅的一面。

后来，俩人便常常在一起喝咖啡，钟晓雯慢慢习惯了喝蓝山咖啡，也习惯了在喝咖啡的时候有彭家赫作陪。而彭家赫，分明透支了自己在一个地方停留的最长时限，好像唯一的理由也只是为了要陪钟晓雯一起喝咖啡。

他们聊英国的斯特拉福德，艾冯河畔，莎士比亚的出生地，彭家赫说他去时是黄昏，小镇旖旎的风光让人动容，漫步林荫小道，斜偎靠背长椅，有一刻真想停下来在那里终老一生。

"你有去看哈萨薇小屋吗？"钟晓雯问，"我看过莎翁的传记，苏达利绿树丛边有间幽雅山房，火炉旁的背靠长椅，就是莎士比亚与妻子安妮互诉衷情的地方。"

不得不承认，学识爱好的许多共通点，可以让感情快速递进，你说什么彼此都懂，越聊就会越投机。男女之间，一开始的互相吸引，不是因为物质也不是因为性情，而是因为他们身上自带的气场或者说气息，让彼此相近。

灯光下，钟晓雯的脸闪着莹莹的色泽，一双宝石眼，因为言谈甚欢而流光溢彩。彭家赫有些痴了，他忽然说，"晓雯，不如你跟我去中国的最西端看帕米尔高原吧，我想我——已经习惯天天看到你。"他刻意地让自己说得轻松随意，刻意地带了调侃的意味。而钟晓雯只是沉默着，人贵有自知之明，如果离别难免到来，不如一开始便不要展开！得而复失，需要用很长的时间去平复，钟晓雯只希望能够守着老母，平淡度日，等待弟弟归来。

不知不觉到了夏日，彭家赫在这座海滨城市已经待了整整半年，俩人的关系却也没有实质性的推进。他想了解钟晓雯更多，但她浅尝辄止,送她回家,也只能送到楼下,她从来不曾说一句上去坐坐喝杯茶之类的话。

或许,她想把这段感情控制在一个度里吧!彭家赫这样想的时候,心里难免怅然,连笑容都萧瑟不少。

某一天一起逛街,竟然碰上了白伟良,彭家赫并不知他是谁,只是从晓雯的眼神里看出了些些异样。他听到白伟良问钟晓雯,阿姨好吗,你好吗?照顾病人很辛苦,如果需要帮助你告诉我。钟晓雯明显有些慌乱急急推却,连声说不用,完全没有素日里的优雅和淡定,而白伟良又看着彭家赫问,这位是?

彭家赫笑着正想上前寒暄,钟晓雯却掉转头,大步快跑,落荒而逃。

广场石板凳,月色剪影树荫,钟晓雯坐在那一小块的或明或暗里,没有表情没有眼泪没有声响,看起来心事重重。彭家赫本以为她会哭,却没有,强装坚强的钟晓雯更让彭家赫心疼,忍不住的,他伸出手去拥她入怀。

他想保护她,一开始就想的,在"不见"咖啡馆,他数次见她独来独往,静静地看书,静静地发呆,静静地两杯咖啡喝完,然后结账离开。情人节的那个晚上,他蓄意在等她,他想,如果她一个人来,他就要迎上前去,陪她过节,陪她喝咖啡,甚至,陪她一辈子红尘做伴。真正结识她,愈深入了解愈觉得她好,彭家赫内心深处的欢喜无以表达,胸腔处逆流成河。年近不惑,他第一次那么强烈地想在一个地方落定,大抵,这世上本来就没有人天生爱流浪,不过是不喜欢安定时的孤单。

可是,在这个多事之夜,钟晓雯依然守口如瓶,她没有说照顾什么病人,她甚至没有介绍刚才的那人是谁。车上,路上,全程都是沉默,彭家赫心里有什么在哗啦啦地破碎。望着她快步奔跑上楼的窈窕背影,他忽然强烈自责起来,浪踪多年,身无长物,积蓄单薄,实在也无法对这个美好的女子说喜欢。

不如告别。

送走彭家赫，日子回到最初。

钟晓雯一个人去咖啡馆，依然带上一本好书一坐半天，只是不再像以前那样只喝摩卡了。彭家赫的每句话她都记得，他说过咖啡因烘焙技巧的差异而形成了多种口感。颜色深浓的重度烘焙炭烧咖啡微苦后酸，适合心情晦涩或失恋的人品尝；颜色略浅的摩卡咖啡酸性较强但风味独特，适合不喜不悲的人浅斟细酌；颜色内深外浅的Cappuccino味醇且美，适合在情绪高昂时作点缀，那样可以锦上添花……

彭家赫走后，音讯全无，她猜他已经到了雪峰的最高处，看到了他所梦想的一切。那里的日出很美，那里的风会自由自在地吹，那里的风景和空气，能使他的招牌笑容更加灿烂。钟晓雯由衷为他感到高兴，每天必打开他的微信，贪看他头像上温暖而豁达的笑，却从来也不敢去开一个话头。

从咖啡馆到白城，一条精心选择过的最佳路径，一条精确权衡过车流量和红灯数量的最快路径。彭家赫曾经陪着钟晓雯，从喧嚣到沉静，用最短的时间到达，多年驴行的他对道路的敏感超出想象。别后的钟晓雯，常常循着这条路，一天天，一天天地走着，反刍那段回忆，让她感觉甜蜜，每一寸脚步似乎都能感应一些什么。放他走，她不曾后悔，曾经有过美好的相处，想要长相厮守定是贪念，何况她还有自己的责任。

这样的日子过了一年，弟弟期满回国，钟晓雯肩上的挑子忽然有人分担，心情格外轻松。只是，彭家赫依然没有消息。生日那天，钟晓雯在自己的朋友圈发了一段信息。"一些年之后，我想我会跟你去山下人迹稀少的小镇生活。清晨爬到高山巅顶，下山去集市买蔬菜水果，烹煮打扫。午后读一本书。晚上在杏花树下喝酒聊天，直到月色和露水清凉。在梦中，行至岩凤尾蕨茂盛的空空山谷，鸟声清脆，一起在树下疲累而眠。醒来时，你尚年少，我未老。"

彭家赫没有评论，连赞也没有点。按理，这段文字莺歌燕舞，宛转动听，他不可能看不懂。可是，他就像一只断线的风筝，彻底失踪，发过去几个消息都没有回复，电话永远忙音。他的朋友圈最后更新时间是2013年6月25日，照片上，他站在慕士塔格峰的高处，穿着冲锋衣，紧紧拉着帽子，大大墨镜遮去大半张脸，只有笑容依然熟悉。他写道：慕士塔格峰，海拔7500米高处，有冰裂缝等复杂地形、有攀岩攀冰路段。尝试无氧攀登，此刻呼吸困难，如果我将不再回来，也无悔也不奇怪，山川湖海知道我曾到来……

钟晓雯不能忘记"不见"小院的葡萄树下，她与彭家赫初相识。那天是情人节，彭家赫手里握着咖啡馆送的玫瑰花，火也似红的颜色染得他俊美的脸庞略略沾染了红晕，他站在那里，玉树临风，阳光灿烂，满墙的绿萝成了他的背影，一株美人蕉在他右侧怒放。一切美得像一幅画，他带笑的颜容永远定格，那样的笑容，是慕士塔格峰顶的常年白雪，纯白而圣洁，仿佛把全世界的黑照亮，温暖她一生。

/ 爱在青春版图上

有人说，成熟的标志是喜欢你喜欢的，但是可以不拥有；害怕你害怕的，但是也能勇敢面对。

沿着熟悉而陌生的路，一步步向前，许可凡的心里有什么在一点点荡漾开去，如盛夏湖面的涟漪，菱花撩拨、莲花撩拨，微微地，很温柔。一圈圈，水韵无声，只在阳光下，波光点点，欲现还藏。

许可凡很久没有坐过这个方向的车了，小城，还是原来的小城，零乱无序，祥和松散。这里的人们天生知足，很少出外，大都会的繁荣，于他们是陌生的，靠着大自然天生的荫护，他们自给自足，已觉过上了好日子。没有比较的生活，通常会幸福许多，现实真的是如此。

曾经，许可凡很厌倦这样的生活，沉静、安逸、没有动感，住几日，就感觉通体发霉，人要郁闷抓狂一般。而今，都市里浸淫太久，天天面对车水马龙、开门就是黑烟尾气，要买车要供房，要穿着厚厚的盔甲对着各种各样的压力披荆斩棘。许可凡开始喜欢起小城的安宁与平静，当时怎么会选择远离呢，是不是年轻着的人，都有些傻？

也许人的心境，总会随着年龄而改变。此刻的许可凡想着往事，不自觉地牵着嘴角笑。她不知道，那个叫"宁苑"的村庄，是否还卖花生糕和焦贡糖。当年的味道，依稀还能品味，现实里，却已有多年不曾尝过。

许可凡一直深刻地记得当年的情景，数十亩田地一望无际种着花生，她和李鑫肩并肩走在不宽的田垄路上，乡村旷野的风，无遮无拦吹着，很豪放的样子。许可凡蹙着眉，一直用手护着两侧的裙摆，她真担心这风儿会把她乔其纱的裙整个掀起来。于是她建议往回走，但李鑫的兴致很浓，他不时向她介绍着这个那个，间或蹲下身，寻宝一样的看田野。大片大片的萋萋绿叶，李鑫随手攥起一把，是花生，再攥起一把，还是花生。掐掉上层的枝叶，拍掉表面的沙土，剥开壳，李鑫把新鲜的果仁往许可凡嘴里送，青涩的气味，带着一点点泥土的腥味。李鑫说，你尝尝，很香。

许可凡很勉强地嚼几口,囫囵吞枣咽下去,期期艾艾地点头,心里却想:这个种花生的小村庄,我怎么可能喜欢。

李鑫带她来宁苑村的那年,是夏天快过完的时候。那天所有的细节,许可凡多年不忘。她记得自己穿着橘色的宽下摆连衣裙,绣花的荷叶领,水一样延展开,很飘逸的感觉。并非刻意打扮,却自有青春的秀美散发开来。车刚抵达的时候,宁苑的村口已聚集了许多的乡人,他们为的是看她——李鑫的女友而来。李鑫是村庄里的第一个大学生,当年以全市第一高分上了北大,毕业后又通过公务员考试进了市政府,虽然只是从一个小秘书干起,但谁都可以预料,他几年后将会有的锦绣前程。因此,李鑫的名字载入了村志,乡人们把他当成了膜拜的对象。走过村人们夹道相迎的机耕路,李鑫紧紧牵着许可凡的手,似乎想表现一些什么。

许可凡是笑着的,但心里,更多的是抗拒。她那时候已清清朗朗地知道,除非生活出现意外,否则,她和李鑫绝不会走到一块。尽管许可凡明白,李鑫一心一意地关怀和帮助自己,都是因为爱。但是,只有物质和单方面爱慕的平淡婚姻并非她所愿,在当时,符合她想象的,是轰轰烈烈的爱情。

可是不知为何,许可凡还是同意了李鑫的邀约,也许是年轻的心不愿寂寞?又或者是许可凡对于李鑫,虽然没有炽热的爱,但是其实亦有好感?

月明星稀的夜里,他们一起去半山腰的寺庙过夜祈梦,小庙寂寂无人,只有山风呼啸,一阵阵吹过来,又吹过去,发出诡秘的叫声。和李鑫在一起,许可凡竟不觉得害怕,心,分明是安稳而妥帖的,那样暗夜的邀谈,她对着李鑫知无不言,多么快意而酣畅淋漓的感觉。她总想着,男女之间除了爱情之外,也应该能建立友情和亲情吧,如果可以当李鑫的妹妹,那该是多好的事啊。

可是,李鑫不这样想。

他选择正月初二去许可凡家里,带着好礼,西装革履,对着许可凡的亲朋好友们递烟送茶。这个日子，是闽南习俗里准女婿的拜访日，他的心事，连许家父母及亲朋都了然于心了。而许可凡面对李鑫直白的言行，也只有沉默，无法回答。应承了，是违背自己的心意。拒绝了，肯定是对李鑫最大的残忍。

李鑫为许可凡，真的是做了很多事的。

三月飞絮的季节里，许可凡染了红眼病。在她当时上班的小山村，许可凡自己一个人请了假，在宿舍里憋着哭，眼睛红肿不堪，不知道怎么去看病，也没办法回家，只能在小药店里买了眼药水，滴着，只是滴着，不见好。李鑫在电话中知道了，他骑了摩托车从市府大院里飞奔而来。那一天，省委正好来人，他要安排会议、准备讲稿、通知人员、计划食宿等，事情很杂，工作很忙。但是，有什么比得上他心里最重要的许可凡呢。

许可凡漂亮的大眼肿胀着，往昔的秀美荡然无存。她甚至看不清李鑫，只是清晰地感觉到了他的心疼和怜惜。已是初冬的天了，李鑫却流了满头满脸的汗，他气急败坏责问，你为什么不早点儿告诉我？许可凡不知如何回答，只伤心地落泪。见她哭，李鑫又不舍了，深深地叹了口气后，为她穿外套，给她戴安全帽。因为怕她下楼梯跌跤，他第一次牵了她的手，轻轻地握着，掩饰不住的紧张化成了一手的汗，他的手，那么潮腻，那么慌乱。

许可凡心里不是没有感动，但是感动不能达到爱的高度，在她年少单纯的心里，爱远远不是感动这么简单。

许可凡其实不止一次地向李鑫暗示过自己的想法，而他大都装作不懂，一如既往地泼洒着自己的爱。

李鑫准备让她考到银行系统去，为了她满世界地去找报考的书，去跑关系。他甚至已经计划好，为了她，他愿意低声下气，去求他当高官的亲戚。那个亲戚，在他毕业分配，渴求更好接收单位的关键时候，他都不让父母去登人家的门。他自己辛苦准备着公务员考试，三更半夜背书，过五关斩六将，才得以遂愿。那样心力交瘁的过程，足以让人脱一层皮，但他坚持着不求人，只为了她，李鑫高昂的头颅第一次愿意那么沉地低下。

在李鑫多方奔走的时候，许可凡却决定离开小城，到临海的大都会去。在她自视甚高的心里，她总觉得自己是有才华的，不该在一个小地方里憋屈着。李鑫没有阻挡她前行的脚步，依然为她祝福，写来关怀备至的信。在她生日那天，他舟车劳顿地赶来了，为她订了蛋糕，包了临海餐厅的顶层，他说的话炽热得几近让她妥协，他说他非常地想她，他说他把她的照片放在皮夹里，发在电脑桌面上，上班的间隙拿出来看看，也觉得好啊！

可是，走出去的人怎可能再回来？许可凡的身边围满了各种各样的追求者。她所渴望的轰轰烈烈的爱情如期造访，比想象更加热烈而美好。那么帅气而温柔的一个人，让她管不住自己的心，只得乖乖缴械，去做爱情的俘虏。

而李鑫，则不间断地给她写信，一周一次，虽然当时电话已经十分普及，但他还是喜欢这样做。他在信里一遍遍殷殷地说，你闯够了就回来吧，我在市里买的房很快就能拿到钥匙了，客厅外有一个很大的露台，你可以在上面种花种草种菜，你一定会很喜欢的。我很心疼你一个人在外征战，请你相信我一定会给你最幸福美好的人生。

许可凡从来不回信，因为她不知道该如何面对如此的爱恋深深，拒绝真爱，任是用如何委婉的方式，都是伤人的。许可凡不愿意伤到李鑫，这样的事让她觉得错综复杂，阅历太浅的她没有能力做到两相美好，便只能无为。但是再继续这样下去，似乎也不是办法，她最后发了条短信去：我宁愿跑起来被绊倒无数次，也不愿平平淡淡地过一辈子！

这，似乎就是分水岭了，李鑫有很长一段时间，不再写信来。

许可凡偶尔回小城考试，总是潜意识地瞒着李鑫，但他依然来接来送，帮她安排三餐膳食，帮她排遣候考前难挨的时间，帮她讲解复习她一贯头痛的高数。考毕，又兴高采烈地带着她去圆山上，望九龙江灯火辉煌。

许可凡的心事，却一直游离在那个开满三角梅的地方。心仪的人只一个电话，说，明天考完我去接你，她就欣然雀跃地同意了，沉醉在爱情里的一颗自私的心，根本来不及顾及李鑫的感受。

最后一门学科考完，黄昏时分，天飘起了雨丝，许可凡踩着轻盈的脚步冲出校门，一眼就看见心仪的人擎着伞在校门口等着，她冲过去，和他一起立在伞下，攥着他的袖口，笑语嫣然。好一会儿才发现，不远处摩托车上戴头盔的人，是李鑫。

李鑫全身上下，早已被雨打湿，头盔的挡风镜上，更是斑驳一片。他没有躲藏，停好车，便走过来，先是说，要不要一起去吃晚饭，然后又对着她的他说，你来接真好，要不然她一个人坐夜车还真有些危险。李鑫其实是有些语无伦次的，但彼时的许可凡怎么可能听得出来。她笑，真以为李鑫已完全释然了对她的爱，便甜蜜地说，好了好了，真像个啰唆的老哥啊！

到达不了彼岸的一个人的爱情，多么哀伤啊，许可凡真的十分希望李鑫可以心平气和地面对自己，就当永远惺惺相惜的兄妹，也是好的啊！

可是，心里的定位已经把梦弄湿，忽然要来个乾坤大挪移，怎可能是易事。爱之深责之切，李鑫也不是圣人。他写来措辞尖锐的信，说自己是农民的儿子，配不上她这样的金枝玉叶，还说相貌外表、家庭背景都不是自己所能决定的，而他对她，付出所有，了无收获，只有一颗伤透的心。

自此，再无联系。

许可凡听说李鑫很快便娶了个当老师的女子，不久就添了千金。他不再给许可凡写信，也不再打电话，甚至连一条短信都不曾发过。他断了所有与她的联系，如同两人本来就是绝缘体，从来不曾相识，从来不曾有过交集。

最先放下的人，最早得到解脱，许可凡很为李鑫高兴，也刻意坚持着不和他联系。但是，在她的心里，李鑫的爱分明是青春版图上最深刻的记忆，虽然不曾有美好结局，但在合适的气场里，总会想起。

那一天，许可凡在别人的空间里看到这样一句话：我喜欢你，很久了，等你，也很久了，现在，我要离开，比很久很久还要久……

人声鼎沸的大办公室里，同事们在说着各式新事，说卡梅隆的《阿凡达》输给了前妻的《拆弹部队》，说在好莱坞那样商业片至上的环境里，保持点人文的矜持也很必要……许可凡本来笑意盈盈，忽然很莫名其妙地泪流满面。

也许，生活就是这样的吧！时光流逝，年华老去，置身纷纷攘攘的具象世界，人有时心累，有时身累，但当回忆忽然掠过，感动便会不期然来临，前尘往事里那些爱与被爱的细节，在每个人心里，都能结出幸福的果实。而许可凡彼时，特地在宁苑村下了车，迎着那修葺一新的水泥路往前，路两旁，数十亩的花生地郁郁葱葱，那些椭圆青翠的叶子，正在柔软的春风中，轻轻轻轻地唱着歌。

/ 告　别

　　暮色四合，谢安安开车在小镇上缓行，今日街景，都已不是旧时模样，老街房子倒了许多，门扇紧闭，巷弄深深，带着逃离的姿势。这个曾经熟悉的地方，如今已然陌生，但谢安安不会忘记，18岁那年，瘦小胆怯而又敏感多愁的自己就是这样，暗夜里偷偷出门，从夏跑到冬，义无反顾，去见那个叫袁一民的人。

1

儿时,谢安安住在一个叫琦门的小渔村,村虽小、岛清幽,全村人以捕鱼为生,有点与世隔绝的味道。16岁以前,谢安安从不识愁滋味,她的学业极好,家境也还算殷实,父母亲只她一个孩子,家庭关系一直和睦温暖,叫人艳羡。

可是,高二的变故几乎像一场玩笑。不到四十岁的父母双双死于海难,据说是到外海捕鱼遇到龙卷风,连尸首都没有找到。谢安安一夜之间成了孤儿,她不去上学,也不吃不喝,一直躲在家里哭。桌上还摆着爸妈出门前煮的带鱼酱油水,妈妈脱下的睡衣还放在床角,父亲的香烟有一包搁在灶头。谢安安觉得,一定是弄错了,爸妈一定会归来,远远地叫着她的小名,爸爸去整网妈妈去烧饭,她在院子里看着这筐鱼那盆虾,满心欢喜。

可是,奇迹并未发生,村里人全部出动去帮忙寻找,也报了警,公安局海事局联动,动静搞得很大,最后是无功而返。

接下来要怎么办,谢安安很茫然。半个月后,姑妈把她接到了县城,上学变得很近,走不到500米便可从后门入校,而幸福却一下子退出好远。谢安安怕极了姑妈上夜班,怕开小卖部的姑父会找一堆人来喝酒打麻将,小小的店连宅变得乌烟瘴气,还得应付着泡茶,打发那些意味深长的夸奖——老许,你这个侄女漂亮呢!

寄人篱下的谢安安分外敏感,有一次和姑姑一家去厦门南普陀礼佛,她来例假,腰酸腹痛。姑妈心疼她叫了辆出租车,谢安安心里却很惶然,她一直去看姑父的脸,阴沉得如同雷雨前的天空,她的心也跳得像车内的收费器一样快。后来,她在半路请求下车,捂着肚子步行,感觉身体里的液体哗哗地往外流,腹痛心痛,血流成河。

巷口的租书店,是她常去的地方,在书的世界里,寻得内心宁静，躲避现实的不忍卒看。尤其是姑妈上夜班时，她总是在租书店赖到关门才离开，沿路祈祷，希望回去时姑父已经睡下。

2

某一日，租书店铁将军把门，她等了很久，在门口来回踱步，心里的失落与惶然越来越深——暑假快开始了，如果没有这家店，谢安安将无地可去，天天要在姑妈家与姑父闪躲，多么可怕。

袁一民就是在这时出现的。盛夏的夜晚，他穿着件简单的圆领棉T恤，配一条浅蓝的牛仔，整个人清爽简洁。

如常，谢安安坐进角落的位置，把那套红楼梦连环画又拿出来，一本一本地看。看到宝玉出家，与父亲贾政在雪地中别离，贾政问"可是宝玉么，你若是宝玉，如何这样打扮，跑到这里来？"宝玉并不答，便被一僧一道掠走。"我所居兮，青梗之峰；我所游兮，鸿蒙太空，谁与我逝兮，吾谁与从？渺渺茫茫兮，归彼大荒！"她积蓄许久的泪流了下来。

袁一民走过来，递过一方手绢，说，"你哭什么，名著还是要读原著好，像这种都经过缩减，没什么营养的。"

手绢上，淡淡皂香，谢安安却有些气恼，"你知道什么，你分明什么也不知道。"她倔强地抬起头，长长睫毛盖下来，投射一小片阴影。

"我看过你写的文章，你说，人生是一场又一场的告别，人来人去，分分合合，就像一个里程碑，到了一定公里数总会出现。的确是这样，但我还想告诉你，该来的终会来，该走的留不住，你不必悲伤，一切都会好！"

说到文章，谢安安软下来，她问，"你看过我文章？你是我高三的学长？"

袁一民笑了，露出一口白牙："我可能会是你高三的老师。"

这是谢安安第一次那么近的去看一个男生,天井射下来一缕光,正好打在袁一民的脸上,鼻子高挺,眉目俊朗。

3

食堂打餐的队伍永远排得那么长,谢安安站在末尾,眼神空洞,发散如藻,似乎周遭的喧闹都未曾入眼,只她一个人丢失人海,离群索居一般。她想,也许可以把自己饿死,用这个办法对猝不及防的命运做出卑微的反抗。

袁一民经过时看到了她,那样幽静而忧伤的眼神,让他的心莫名地痛起来。他跑到教师餐口,打了糖醋排骨、红烧黄翅鱼和炒豆芽,还打包了目鱼肉泥汤,经过学生的打餐长队时,悄悄塞到了谢安安手上。

再去租书坊时,袁一民给谢安安准备了全套的四大名著:"人民出版社,83版的,很正宗,文法也很细,你以后看这个比较有营养。"他顿了顿又说,"《红楼梦》你可以看,林黛玉就不要学了,女孩子多笑笑,运气会好。"

谢安安心里,被满满的关爱灌满,自从父母死后,她跟姑妈来到县城,没有朋友,没有熟人,孤寂得像暗夜的幽灵。生活中忽然挤满了太多令人气馁的事,比如学业,比如姑妈家的气氛,比如父母永不可挽回的死亡,都超出她所能承受的范畴。她盼望着赶紧高考,好让自己跑出这种生活,天高云阔去打拼。就是这样的时候,袁一民出现了。

"跟我来,我带你去楼顶。"楼顶?谢安安心里有犹豫,袁一民已经牵起她的手,走进里屋。木楼梯的质感,让谢安安的心一下子安定下来,她想起十岁那年父亲带她去过的老上海,也是这样的木楼梯,带着岁月刻在上面的印迹,让人觉得可靠。天台到了,十五的月华投掷在鳞次栉比的片片瓦上,两户人家的夹瓦间是一个小小的阳台，恰到好处摆着一副桌椅，有淡淡茉莉花的香味，在月色下暗香浮动。

袁一民泡了茶，隔着桌，俩俩对坐。他忽然说，你笑起来很明媚！此景至美，此言至心，谢安安的心里，有什么在一点点冒泡，像糖，却又有点酸。某种难以言状的情愫，在空荡的月夜下驿动，有点飘忽有点不真实，谢安安感觉，生命的质地在那一刻骤然发生了某种激烈的重组。

那个时代的爱，矜持而唯美，很多时候，不会表白，也不需要表白。

4

高三开始，袁一民果然成了谢安安的语文老师。当他第一天出现在课堂时，引发一阵小小的骚动，女生们悄悄议论他的年轻与帅气。而，坐在最后一排的谢安安，一直把头埋得很低，她怕她绯红的脸庞，出卖了她心里的秘密。

闲余还是去租书坊，也不做什么事，无非是我看书你看书。那时候已开始流行琼瑶小说，谢安安有时会猜测，袁一民是在意她还是不在意呢，如果在意，为何不曾有书中男主角那样的行为；如果不在意，为何天天帮她打餐，照顾她谋划她前程。偶尔有一次说看不见黑板，他便不管不顾，将高挑的谢安安从后排调到了前座。少女的内心虽有丘壑，却也不知如何面对一个天天在一起的熟悉的人，更不知如何去打探他，只有一颗纷乱的心，在自卑与自傲间频繁跳跃。

天气回暖，仍有寒意，但可以觉察到空气中的潮湿，很快黄梅天就要驾临，冬去春来，时间自指间漏过，谢安安要高考了。袁一民天天帮忙补习，并以过来人的身份，帮她提前了解各大院校，计划着她应该读什么专业。他懂谢安安的优劣势，他想为她规划人生，他愿意等她长大，与她一起绑定未来。

每天，袁一民与谢安安在租书坊门口告别，他看她从曛然的街灯下走过，一点点隐没进小巷，她的两只手常勾在身上的双肩包带上，仿佛背着一箩筐的心事。袁一民多想可以揽她入怀，给她最好的爱，让她不再哀伤。只是，闽地的保守，左邻右舍的目光，还有自己心里的戒律，让他始终与她保持距离，以一个师长的身份。

5

高考后的暑假最是甜蜜，袁一民带谢安安回琦门，这是她在阔别家乡两年后的首次回归，那山那水，一草一木，都是儿时的回忆。她坐在灶头，想起母亲做饭时会塞进两个地瓜在火膛里，掏出来时掸掉土灰，轻撕去表皮，香气四溢。现今，家已蒙灰，一层叠一层，像一个破败的梦，忍不住内心的悲伤，她蹲在灶前，泪如雨下。

袁一民扶起她，第一次将她抱进怀里，说，你不要哭，等你毕业，我们在一起，会有最好的生活。

对于内敛的袁一民而言，这就是爱的承诺了。可惜，人生计划常赶不上变化，那天晚上，他们坐最后一班船过渡回到县城，天已黑透。谢安安进门时就感觉不对，仔细看地板，白色瓷砖上有一连串褚红色半干液体，一点点延向走廊，卧室正在那一角。这是什么，酱油还是红酒？不，这是血渍。谢安安嗅觉灵敏，并意识到自己判断没错，一颗心跳得几乎要奔跃而出。

姑父失血过多，终于无救，姑妈自首，当夜就被关押，仓皇的谢安安住进了袁一民家，她高烧一周，才渐渐醒转。左邻右舍指指点点，流传各种版本，有的说谢安安是扫帚星，克死了父母又来克姑妈一家；有人说红颜就是祸水，美丽的女子都带着很深重的煞气,接下来要倒霉的会是袁一民。

兵荒马乱的世界,有什么能比两个人相守在一起更加重要更加幸福呢?袁一民不管那些闲言碎语,他天天炖汤,熬煮各种粥,一口一勺地喂谢安安。与此同时,他也开始买一些远行的物件,预备着谢安安北上求学。26岁的袁一民,就是这样的,恨不得倾尽所有,去爱这个身世悲悯的女孩。

可是,袁家的父母千里迢迢从上海赶回来了,单传的一民是袁家的宝贝,爱子如炽,他们宁肯信其有。袁一民与父母彻夜争吵,谢安安心里倒很清明,她搬了出去,把自己关在姑妈家,谁也不见,直到等来录取通知书。

离开的前夜,袁一民在楼下等了许久,安安其实知道他就在下面,但她不下去。那个夜晚风很大,清晨的时候,苦楝树下满地枯黄的落叶,谢安安一直都记得那种碎裂般的疼痛,没有眼泪,没有声音,只有疼痛。

6

飞出小镇,立身都会,读书兼职,万般辛苦,毕了业却四处碰壁。很长很长一段时间,谢安安连份糊口的工作都找不到,直到面试时遇到了大她20岁的老曾。老曾离过婚,有个16岁的儿子,但她几乎没有任何犹豫就迎了上去。

也不是没有甜蜜,但爱是什么,根本就是间歇性情感,无法长久保鲜。有一回老曾喝醉酒,拿整把钞票掷在她脸上,粉红的百元大钞漫天飞舞。谢安安并不发作,她蹲下来,一张张,把钱全部捡起。

往事不堪回首,今日的谢安安可以一掷千金买一瓶保湿水,花两千块买自己喜欢的高跟鞋,在城市的制高点包场办生日Party,凡所不曾得到的,如今桩桩件件如探囊取物。却不知为何,那段不幸福的时光,一直如此铭心刻骨,连忘都不能够。

她总是想起初见时那个清爽简洁的男子,穿着简单的圆领棉T恤,配一条浅蓝的牛仔,整个人瘦竹清风。她以为他是高三的学长,他却说是她高三的老师。他对她的那种好,细致入微,具体到吃饭与睡觉,他关注到她生活的各个层面,希望可以与她一起绑定人生。可是人生难能计划与等待,承诺会变,世事轮转,根本由不得自己把握。

年岁愈久远,她想见他的欲望就愈强烈,尝年少的夙愿也好,思念过甚也罢,总之是一点念想,在自己的有生之年,终究需要呈现。

7

古渡口的黄昏,残阳在江的边缘,一点点被江水吸收光芒,凭江望对岸,这是年少时常做的事,夕照里的心难免生忧凄。谢安安掉转头的时候,便看到了一个人,他头顶半秃,原来一头浓密头发已经十分稀疏,长长的一根根直梳到脑后,脸很瘦,褶子显得特别多,记忆中的袁一民不复存在,他现在是半个老头。

看着他,谢安安说不了话,过许久才听见自己的声音问:"袁老师,你还好吗?"

"回来了?"他有些意外,却仿佛又已等她许久,"我来倒垃圾",他扬扬手中的垃圾桶,十分词穷。

"噢,这垃圾桶你用了这么多年啊?"他们谈论着垃圾桶,仿佛是一件特别难得的珍贵物种。

"已经穿春装了,我还套着厚毛衣,怪不得感觉热。"又谈起天气,两人客气得就像初相识。

但,即使只听他谈天气,谢安安的心也是温暖而妥帖。

袁一民带着谢安安,又一次走上光滑的青石板路,又一次走进了那条巷子。年少时无比熟悉的路，现在走起来有别样感触，一步一步，溯流而上，而源头无比熟稔的家，现在多了一位妇女，中人之姿，看起来敦厚老实。她善意地笑着，殷勤招呼谢安安坐下，甚至用衣衫去撸椅子上的浮灰。

谢安安有些安慰，如果袁一民遇人不淑，她会忧虑。情已远去，爱意犹存，初恋最是难舍，但她心里还是有些牵痛。这个地方，那个角度，都是她曾经坐过待过的地方。异乡辗转，她有时会有非常自私的想法，希望他一辈子不要结婚，永远怀着破碎的心，情僧一样等待她的归来。

此时，也确是回来，但即便归来又怎样？谢安安的人生，一下子已扑到尽头，很难回转。终其一生，漂泊无当，走得足够远，也遇不上年少纯良，她相信这是自己的命运。

离开小镇时，夜色深沉，袁家摆了一桌宴，谢安安却悄悄遁出，她把车开出那条机耕路，油门踩到120迈，像是飞驰，左侧是九龙江，右前方有山的剪影绰绰。过去的终究过去，能够相遇的终将变得遥远，生活由不得卷土重来，少年时的场景，此时重叠成了一场电影蒙太奇，往事历历如同时光隧道，不需要导航，不需要目的地，只是这样的，和心一起飞舞，走下去，走下去，直到命运将回忆剥离……

/ 适我愿兮

想你为我编织的情网,永不会再将我拥抱,面对这曾经拥有却已失去的梦,走遍世界我又何处寻找?

——《风干的红玫瑰》

袁小悦读高中的时候，早恋还是个讳莫如深的话题，同学们却悄悄对一些人进行了配对，张三跟李四、赵六和王五……其实并没有事实依据，被配对的俩人，只是因为偶尔说过片言只语，或者双方在外貌上有些趋同。袁小悦和班长廖宇翔俨然是配对话题中的焦点，大概是因为郎才女貌实在太过相配。

廖宇翔是边远山区来的翩翩少年，玉树临风的瘦高个，俊秀的眉宇间似乎锁着睿智和坚毅，白皙的皮肤一点也没有山里人惯然的黝黑，却有城里人的文雅和秀气。但从那几身早已过时而又洗得发白的衣服，就可看出他的家庭并不富有。他一直那么沉默寡言地独持一片宁静，在寂寞中披荆斩棘，固守学校佼佼者的宝座。

那一年，袁小悦17岁，出身世家，文静内秀，与廖宇翔两人成绩不差上下，又同为校学生会干部，总有许多时间相处。袁小悦把廖宇翔当成心目中的楷模，彼此之间共同话题很多，偶尔会显得亲昵。比如，廖宇翔周末回家时，会给袁小悦带几个地瓜或鸡鸭鹅的各种蛋，而袁小悦则会把家里小院盛放的茉莉栀子剪一捧，用线串成花环，送给廖宇翔去闻香。

那个年代的感情和心思，其实都很单纯，崇拜着你，关怀着你，没有过分的言语，没有牵手和表白，甚至也没有往那方面去细想，就这样纯纯地交往，彼此心里坦然而又甜蜜。配对的事情传开后，气氛忽然尴尬，袁小悦潜意识躲着廖宇翔，冥冥中的敬慕似乎已多出了几缕说不清的情愫，让袁小悦觉得很羞，只能刻意地封锁着自己，见到他时遂低头，连脚步都快起来，快到恨不得像一阵风刮过。那些飘香的花串，自然不会再送，廖宇翔倒还塞过几个地瓜给她，但都被袁小悦编了各种各样的理由拒绝了。

高二那年，袁小悦生日，父母很用心地为她准备了成人礼，全班同学齐聚袁家小院。20个少年的快乐几乎把屋顶掀翻，她们谈笑风生，高声合唱"一条大河波浪宽，风吹稻花香两岸"，也用蹩脚的舞步跳起快三。袁小悦忙里忙外准备零食，洗水果，递汽水，忙得不亦乐乎。等到簇拥着自己的人群散去后，她才发现，廖宇翔一直躲在角落的石榴树下静坐着，四目相对，他走过来塞给袁小悦一张小卡片。薄薄的卡片上泼洒着一幅很怡人的田园秀色，背面是一行隽永的瘦金体字：野有蔓草，零落薄兮；有美一人，清扬婉兮……袁小悦依稀记得这是某诗经里描写美女的，却又记不起全文是什么内容。如果那时有百度，之后的很多事情都不必再辗转，但很可惜，彼时连买一本像样的书，都很难。

　　活动还没结束，廖宇翔提前走了，袁小悦为了避嫌，也没有过多的挽留和招待。她送他出院门，隔着40厘米的安全距离，说再见时也带着客套的语气。看着他慢慢远去的背影，光华熠熠却萧瑟孤清，袁小悦的心忽然就空落了，天边一轮月，冷冷照着大地，忽然有彻骨寒意从脚底升起。

　　接下来的日子里，袁小悦的心一直像云一样游离，心里渴望亲近，表面却还是要故意做出疏离不屑的样子。有一回在食堂碰到，廖宇翔殷切地坐过来与她同桌，她赶紧低下头快速扒饭，当他将饭盒里的腊肉夹了几片放到她碗里时，她竟然愤怒地站起来，转身落荒而逃。

　　想要维持表面距离，却忽然又来了一个同行的机会。这次，他们要代表整个学区去省城参加比赛。长途跋涉，袁小悦晕车，一路都仰仗廖宇翔的照顾，他轻轻拍她的背，用手帕为她擦汗，给她喂水喂姜片喂酸梅。反反复复，折腾一路，下午到后马上进赛场，袁小悦精神不佳，结果自然很差。闽江畔，两个人慢慢走着，江风吹来，凉到刺骨，廖宇翔脱下了自己的外套给袁小悦披上，肩上一沉，仿佛压力叠身，袁小悦忽然情绪失控，蹲在地上哭到无法迄止，束手无措的廖宇翔抱着她在公园的长椅上，坐了整整一夜！

　　回校后，似乎一切又回归平常，高考的帷幕拉开，所有情趣乐趣均被掩埋，各门学科的复习，各种各样的试卷，每天都是山一样的存在。袁小悦收起了自己的日记本，也试图把乱糟糟的思绪一一厘清，但，投射在她心海深处的那个人，始终像一个奇怪的存在，近在咫尺，又远在天涯，把她安宁的心境，搅成一团乱麻。

放榜的结果有些残酷，廖宇翔被重点大学录取，袁小悦却出乎意料只考了中上水平，上了边远城市的一所大专学校。这个结果，让袁小悦无法接受，整个暑假，她把自己关在家里，谁也不见，每天都坐在二楼的阳台，看书看玉兰花，有一回她似乎看到廖宇翔在院门口踯躅，却不敢下去确认。两个互生爱慕的少男少女，咫尺天涯，隔着一扇厚厚的朱红色大门。

大学生活，是袁小悦新一轮拼搏的开始。她报了本科自考，每天都摞着一叠大大小小的书频繁地往返于宿舍和教室之间，班里的女孩大多名花有主了，只有她一人茕茕而立，追求者排长队，袁小悦从不回应，心灵深处总有对廖宇翔的一份牵挂，听说他依然出色，依然那么努力地为理想默默拼搏，他活得辛苦且骄傲，用着他自己的方式。说到底，都是一类人。

袁小悦有几次提笔想给廖宇翔写信，但又总是克制自己，她在等着某些良机，也许是等他主动写信来，也许是等自己拿到本科文凭。高考的失利让她自卑，她觉得自己需要去拉平两人之间的差距。可是直到大专毕业，她的自考文凭也没有拿到，两个人之间的鸿沟，在袁小悦心里总也无法填平。

生活宁静，时光谨然，偶尔在传达室等来一两封昔日同学的信笺，袁小悦的心弦就会被信上那有关廖宇翔的片言只语拨动，听说出色的廖宇翔一毕业就被世界500强签走，听说很多漂亮女孩对他趋之若鹜，而他却总是毫无表示。

此时，袁小悦也工作了，职场和学校，是迥然不同的两个世界，有人夜夜笙歌，灯红酒绿，美其名曰赚了钱要对自己好一点；有人立志高远，每天加班应酬，张口闭口讨论成功的可能。酒杯盈满，面容疲倦,人人都在铆着劲追求更好的日子,只有袁小悦清淡如初。她沉浸在自己的世界里,没有激情,没有动力,只是一遍遍重翻起几年前记录少女情窦初开的日记,真情页页纸而又心有千千结,一行行都被廖宇翔的名字挤满,一页页都有自己的情真意切。

袁小悦常常做一个梦,在梦中,她看见廖宇翔捧着一束带露的红玫瑰,风采烂漫走来,轻伏在耳畔柔柔说出了那句令人脸红心跳的话语。醒来时,她的心被喜悦塞得满盈,无数次,袁小悦问自己:这个频频重现的梦境会是一种先兆吗?坚守爱的小屋,就一定能等到这个心仪许久的男子吗?为了初恋的执着,袁小悦放弃了那个季节里所有有关风花雪月的传说,任时间在指缝间悄悄流走。

明明暗暗、人情冷暖的城市丛林,袁小悦四载单飞,闺中密友大多有了甜蜜的小家,城市的各个酒店,她参加过数十场婚宴,最后发现,高中的一众同学,只有自己还单着。同桌英结婚那天,正发呆的袁小悦竟然接到了新娘的花球,同时接到的还有一个叫陈伟的男人。那夜,她喝了很多酒,醉得人事不省,最后是陈伟送她回的家。

思念总是过去,过去的人过去的事过去的恋;思念总是曾经,曾经走过的路,曾经拥有的情,曾经爱过的爱。半夜醒来的袁小悦忽然觉得,对廖宇翔的思念是张久已尘封的废纸,中学时的配对纯粹是少年的游戏,事隔多年,谁还会记得那个敏感而骄傲的女孩呢?

陈伟与她越走越近,对她关怀有加,他相貌周正,有好的家世,在一家大型外企,已经做到了中层。虽然,他从没有开口说爱,但那些融在细节中的真心,袁小悦怎么可能看不明白。那一年的情人节,陈伟把钻戒放在玫瑰、紫苏和香水百合花束中递给了袁小悦,夕阳西落,海天连接处美得不像真的,他贴着耳问,你是否愿意嫁给我?

袁小悦答,我心里一直住着一个人,你介意吗?

陈伟笑着摇摇头说，此时你身边是我！

久驻的少年情怀，与热烈的恋爱相比，毕竟寡淡，终其一生，日升日落，谁不希望有一个人知冷知热，懂你爱你，一起吃饭一起说话一起睡觉。29岁的袁小悦决定结婚了，在陈伟为她买下的情景洋房里，月华如水，灯光绮丽，玉兰花的馨香登堂入室，多像儿时的场景，她枕着陈伟的手臂，10年辗转，今夜安然入梦。

那年春节，袁小悦带陈伟一起回家。而立的女儿终于要结婚，父母当然十分高兴，天天招呼亲戚走动恨不得昭告天下。陈伟性情好，陪酒陪饭陪下棋陪聊天，忙得脱不开身。小院的玉兰已长得比小楼还高，袁小悦站在树下，青春旧梦纷至沓来。她去公园散步，看不远处自己曾经读过的学校，沿着步道走，遥远田野风吹来，春色已深，却有些清冷寥落。

"你是，小悦？"有位穿着绿色棉衣的阿姨走过来，看着袁小悦，笃定而又有点不确定。

袁小悦努力从脑海里搜索记忆，这位中年阿姨，她肯定自己从未见过。

"我听宇翔好几次说起你！"阿姨说着，好像带着点义愤："我们宇翔都买好房子了，你为什么要嫁给别人呢？"

天空忽然又烟花绽放，花状迸现的熠熠光芒中，出现了一张似曾相识的面孔，大眼浓眉，身姿挺拔，原先的锅盖头现在剪成短碎发，长长风衣，穿在他身上真是合适。纯朴的乡间少年，现在是青年才俊，他通身透出的儒雅和自在的风范，让袁小悦慌得一颗心像要跳出来。

"阿姆，你先到亭子里去等我。"廖宇翔轻轻推着母亲，廖母并不愿挪步，他只得柔声说："我和小悦，有几句话说。"

其实，有什么话说呢，漫天升腾的烟花，大概是换了品种，声音越来越大，估计六十多发，总也放不完。在每一朵烟花升空的间隙，廖宇翔也只是说，"晚上有同学聚会，你一起过来吧！"

袁小悦的胸腔像投进一枚烟花，撕心裂肺，只剩疼痛。惊天一现的旧友重逢，这样让她心乱如麻，她想问廖宇翔这几年过得可好，但又觉得这样的问候不够深入，至多只能算寒暄。她想跟他说自己多年的眷恋，甚至想，拉他去家里，让他坐在阳台最好的赏景点，给他看自己的少女日记。但，陈伟出现在路口，远远地兴高采烈地喊她的名字，她慌得赶紧跑过去，连再见都没有留一句。

曾经多次设想过见面的场景，在现实却只是匆匆一面，草草结束！

很快收到廖宇翔的短信，"我们是两个世界的人，一直以来，面对你，我有很大压力。我想靠自己，拉近我们悬殊的距离，为此，我一点一点在努力，努力到错过最美好的你。"

袁小悦在黑暗中无声地啜泣，身边熟睡的陈伟忽然翻身，他微弓着腰，像个毫无心机的孩子又沉沉睡去，接客一天，对谁都好性情的笑，真是不容易。袁小悦帮他掖掖被子，披衣下床，悄悄跑到院子里的玉兰树下大哭一场，然后又悄悄上楼偎着陈伟躺下，却无论如何睡不着，她圆睁着眼，一夜无眠，天快亮时，直起身，把短信删了。

年轻时的爱情，才是爱情本来的样子，那么纯粹而干净。成年人的世界，很多事情不由自己心意，舍身赴死不顾一切的孤勇，真的很难做到。毕竟，生活是个互助体，我们不可能纯粹只为自己活。那些年少积攒的所有固执的爱与恋，曲终人便散，无处可收藏。

……

阳光明媚，春天在窗外招摇，袁小悦抱着三岁的小女儿坐在阳台，教她念诗经。读到"野有蔓草，零落薄兮；有美一人，清扬婉兮……"，她忽然怔住了，那后面硕大无朋八个字，清清楚楚写着："邂逅相遇，适我愿兮？"

春风拂面，却乍暖还寒，袁小悦浑身打起颤来。抱着女儿转身进屋，而女儿扬起胖乎乎的手摸她脸，问，"妈妈，你怎么哭了？"

/ 爱情不惑

年轻时的爱情,才是爱情本来的样子,纯粹干净。成年人的世界,很多事情不由自己心意,舍身赴爱不顾一切的孤勇,已经很难做到。

他们在一个规格很高但乏味之至的酒会上相遇，李晴川一开始就发现他在注视着自己，吧台前，餐台边，香水百合的叶片间，那是有兴趣彼此认识的眼神，阅人无数的李晴川不可能看不出来。

果然，不一会儿，陈一健就走了过来。他说，你得去敬敬酒，认认人，不然来这种场合真是浪费资源。

李晴川连头都没抬，轻笑说，1个亿后面有几个0都搞不清楚，所以也不觉浪费。

陈一健也笑了起来，说，那不如，我们出去走走。

脑子里有一道什么光一闪，李晴川在思忖自己是答应还是拒绝。她抬起头，眼前的陈一健，端正得近乎平淡，不算太帅，服饰也朴素，是走进人群中再也找不出来的那一类人。但他的眼睛里有一种东西，一双带笑的眸子藏着万千故事，李晴川不由自主站起来。

夜色中的沙坡尾，晚风清凉，避风坞一侧，开着很文艺的小店铺，沿着木栈道，慢慢往前走，陈一健选了家甜品店，熟门熟路坐下来。大份芒果冰，高耸入云，橙黄的芒果块与紫色的蜜豆，相映成趣，他们俩对坐着，一人一勺，把冰山一口一口铲掉。

李晴川的判断没错，陈一健故事真是多，他去过50多个国内外城市，七大洲八大洋，世界两极。那些风土民情，奇怪的神的名字，从他嘴里，像说书一样说出来，让人惊艳。讲完旅游，又讲奋斗史，初次相识的男人对她言无不尽，他说自己如何一路辗转来到厦门，为了理想单枪匹马冲锋陷阵，他想靠自己的力量站上云端披荆斩棘，却慢慢发现，生活不是想象。也曾多次怀疑自己的能力与价值，在杯盏交替夜夜笙歌中，内心的倔强终得软，只得与世俗讲和。正因为如此，当他看到酒会中闲坐一旁自得其乐的李晴川，那一刻惊为清流。

第二天，陈一健就加了李晴川的微信。

她发过去一个笑脸，说：圈子真小，找一个人如此容易。

陈一健答：那得看是谁在找，想不想找。

还真是这样,一个人处心积虑想做一件事的时候,自然会找到一种方法。陈一健明显对李晴川用了心,那个周末,他邀请她一起去看画展,那是他们的第二次见面。

画展展的是毕加索的画作,陈一健穿着挺括的白衬衫,君子谦谦一程讲解,他说到印象派画作所代表的自由勇敢创新和无拘无束;说到毕加索结合作家诗人剧场演出和雕塑家对艺术不同的见解去融入创作,把画画当作一种融合和创造。暖色曛人的灯光下,他站着,微微偏过头,看着画,也看着李晴川,"抽象画作鼓励人带着自由的心态去看去欣赏,每个人都可以带着自己的风格进入另一种风格。"

陈一健如数家珍地讲解着,镜片后面是笑成弯弧的浅浅的眼,说完一幅,换了个姿势,逆着光站在门廊口,午后的凉风吹起了他白色衬衫的衣角,阳光轻软,洒上点点金光,他专业的样子,真的很好看。

画展出来,陈一健并不打算放李晴川离开,他说今晚海沧有场演唱会,张宇和辛晓琪的,老歌有味,不如一起去听听。

李晴川没有拒绝。

时间本来宽裕,谁知半路遇到一宗刮擦事故,整整堵了半个多小时。陈一健半路去麦当劳买了两份套餐,让李晴川在车上吃,自己则在车库里表演了两分钟吃掉一个汉堡,他先是把领带从第二个扣子塞进了白衬衫,把一个大汉堡掰成两半,一口一半,快速吞下。一个口才奇佳,知识广袤的男子,竟然也有这样孩子气的时刻,李晴川对他来了兴趣。那夜的演唱会唱了啥,她并未听进去多少,只是觉得风也轻柔,歌也清淡,而她原本淡定的一颗心,忽然有些驿动。

生活有时冗长得让人不明就里没信心过完,有时又短得只有几个片段。李晴川与陈一健,一来二去,加深了解,彼此就都生出了些情愫。

陈一健每天给李晴川发微信，拉开对话框几百个页面密密麻麻的聊天记录，都是关切的言语，今天吃了啥要早点睡觉，明天会降温你多穿衣服。李晴川也一样，每天都要去关注陈一健的朋友圈，他通常转发一些比较深邃的话题或内容，比如金融、管理、儒释道、法与禅，他今天开了会，他今天宴客喝了酒，他会即兴写一些有温度的文字，等风来／等云开／等一场雨的飞流／等你的微笑让世界亮起来！

在感情最开始的时候，彼此都卖力表演，呈现出最美好的样子，要让对方看到自己光鲜。客观说，陈一健是个知识结构很全面的人，他说话的内容总是高深广袤。李晴川自认不是愚钝女，却也常常觉得自己的自信在他面前被碾成尘泥。很多时候，她还在研究的东西他早已看透，仿佛是可以洞悉一切。微小的情绪变化也瞒不过他的眼睛。有一个人知你懂你疼你，这种感觉最容易腐蚀城市中的这些白骨精。慢慢地，她许多事都只对他一个人讲，心情不好时也只想告诉他，当她发现自己的世界从宽阔到窄小，已经容不下其他人时，爱已浓烈，情已深重。

就在这时，认识大约三个月的时候，陈一健在一次约会中闲闲地问李晴川，你知道思域的孙思东吗，听说跟你们集团的周总很熟。李晴川心里略有戒备，她沉默着。陈一健继续说，我要竞标孙总公司的项目，如果你们周总能打个电话应该帮助很大，只是不知会不会让你很为难。

为难其实是真为难，李晴川虽是秘书，也有很多时间跟老板在一起，可是，职场有职场的规矩，这个人情有点大，她也不知道周总能否卖面子给她。

事情最终并不顺利，李晴川是真的去找了周总帮忙，但老板回答得很官方，没有爽利说要帮忙，通常就是不会帮忙。

和陈一健说这事时，他倒是很豁达，说也只是问问，多一层保险而已，另外的股东已经托了人。

可是，从那后，陈一健有几天没有出现，连微信上的嘘寒问暖也骤减。李晴川不傻，她知道发生了什么，只是无法说服自己已经泡进蜜糖的一颗心。夜里，反反复复回忆他说过的话，做过的事，在一起时的各种细节。原来有多美好，现在就有多凌迟，最可怕的是晚上，半梦半醒间，熟悉的脸浮上来，几乎可以清晰感知的五官轮廓，熟悉的气息和体温，久久不去，让人魔怔。

阔别，仿佛隔山隔水。圣诞夜，李晴川决定一个人去看午夜场，夜已深，电影院却人头攒动，连自助取票机前也满满的人。喧嚣的人潮中，她还是一眼认出了陈一健，有一点缘分的人，躲也躲不掉。李晴川有些惊喜也有些慌乱，胡乱换了票，时间尚早，只好躲去旁边夹娃娃，陈一健走了过来，熟悉的笑脸和身上古龙水的味道，让李晴川在冬夜里也依然有了春风沉醉的感觉。

"夹娃娃是有诀窍的，首先要靠近出口才是首选，夹的力度要适中，而且要量力而行，过于轻巧过分用力，都是不行的。"陈一健边说边握住了李晴川的手，动作娴熟地示范着。李晴川觉得自己喘不过气，头脑一片空白，整个前场的人流似乎已退出好远，商场开了天窗，天地空旷，只有他们俩。他握着她的手，不是只为了夹娃娃，而是要走到海角天涯！

这样想的时候，李晴川心中犹如牛毛细针乱入，隐隐作痛，移不走又抚不平。明明心中有爱，明明离得这样近，明明两个人都没有别人，都是单独来看电影，为何却彼此缄默，不能回到最初？

后来，就听说陈一健的项目拿到手，并开始逐步进行。李晴川不想去做一个不识趣的人。微信上，彼此静默，他不开话头，她便不语，他不约，她也不会出去。有人向李晴川抛出爱的橄榄枝，她很明确拒绝，放不下的始终还是放不下，后来的人都没有他好，而她说服不了自己的心。

两个相爱的人却没有办法走到最后，很奇怪吗？其实一点也不，当你参透了爱情的细腻与复杂，你就会知道，两个人在一起，除了爱意，还需要装傻、随和、看开，太聪明或太执拗的人，并没办法把一场恋爱平安顺利谈下去。

忽且某一日，陈一健发来微信，是在午夜，他先是发了个叹气的表情，说最近自己压力特别大，很多时候需要找一个可以互补的人。李晴川已经睡了，半夜醒来看到微信，她回过去说，最近我也比较忙呢！仿佛不这样说，就无以对疏离感做合理解释。陈一健竟然还醒着，他秒回，言语轻佻：你这样忙，什么时候才有空嫁掉，如果一时嫁不掉，是不是要考虑一下我？

这几乎是相识以来，陈一健说的最露骨的话了。夜的静谧，却让李晴川心意澄明，她拥着被，不回，他也没有再发，无边无际的黑暗，笼罩着两个人静悄悄的沉默。沉默，也是一种爱的对抗。

桃园眷村，木制的桌子，怀旧的氛围，家的感觉那样强烈。陈一健和李晴川隔桌相坐，他对牢她的眼，目光灼灼问："要不要来和我一起做事，真的，没有人比我了解你，这个岗位，我觉得你很适合。"

李晴川喝着水，看着对面的他。分别这么久，她不断反刍相识种种，恨他无言的辜负，也讨厌他对她的爱镀有别的色彩，如同白璧微瑕，表面虽看不出来，但那个疵点，在心里，一直在。

没有读过的书，再旧都是新书，曾经爱过的人，再久都是新人。她看到他时，依然心慌气短，依然被他所打动。她曾经热切盼望可以和他朝朝暮暮，看着他照顾他希望他快乐，在她记忆的孤灯里，他留下的都是浓墨重彩的火焰般的回忆。可是，烟花易冷，李晴川不得不为自己考虑。说到底，陈一健是在边走边看寻找机会，有一点爱意，但不够多，总想再等看看。现在的男人，不是都这样吗？心里揣着大男人思维，但同样希望有一个身份优渥的女子，让他可以少奋斗几年，将他的生活整体打包。

夜色苍茫，人车都已稀少，路途似乎被拉近，陈一健送李晴川回家，一会儿就到了。还是那辆车，还是那个位置，仍旧是要等到她上楼，等楼上灯亮起，陈一健才会离开。曾经，这个细节，让李晴川心里满满鼓胀被爱的滋味，细思，却又觉得这个姿态也带了刻意的意味。

她在夜色中快快走向小区，仿佛带着逃离的姿势，进了铁门，却又忍不住回头，只见他摇下车窗，掩映在羊蹄甲浓荫下的微笑，仿佛超越了人世间所有的悲欢离合。今年的夏天来得这样早，粉紫色的洋紫荆，花瓣如雪飘满地，让人不忍踏花而行。

不忍也还是走了过去，这世上怜香惜玉之人并不多，如同对于爱，没有人会放弃一切义无反顾追求情感的归属。李晴川觉得自己也是一样，不纯粹，不主动，不表白，很多的内心戏由自己完成，爱与不爱，不敢追问。

夜里翻书，书上说，达摩东来，要寻一个不受人惑的人，可是在爱情里，真正的不惑是什么呢？是不管不顾冲上去，为了爱抛下一切只为追求那种极致美好的感觉；还是一边相爱，一边保有自己的骄傲与自省自珍，一旦对方冷淡马上拍屁股走人？

在这个以房车论成功的时代，人人希望可以用物质证明自己，混战中苟且生存，压力叠身，爱情早已不再纯粹。当然也不用去指摘和评判，很多拈斤称两的感情历程，都会先探究你有什么固有资源，你是怎样的性格特质，你对我的未来可曾有帮助，要么有钱，要么有人，如此赤裸。

那种为了爱与不爱心痛到想死的感觉，估计已经很少有人尝过。

/ 微　澜

去别人的婚姻里当第三者,这真的不是她的初衷。她搬了家、换了电话,浩瀚都市里深居简出,把自己弄丢了一样。然而那样的一段感情,纵使仿佛依稀,却也是恒久的存在,永远都会让她深记,心湖上曾有过怎样的微澜。

和他的相识，是在那个多雨的春日，朋友的婚宴上，满桌陌生面孔自说自话，只有相邻的他关照有加，殷勤招呼她喝酒吃菜，还邀她一起去为当天的新人敬酒。新郎说，原来你们早已认识，我都不知道呀。她刚想解释，他却拍拍新郎的胳膊，半认真半玩笑的答，怎么能什么事都让你知道呢？

婚礼散场，自然是一起走的，他提出送她回家的语气，不是探询或请求，却像是顺理成章的一个提议，让她找不到拒绝的理由。她第一眼就去注意他的车，完全是下意识的，奔驰280的那款，市价可能要六七十万。心里，她嘲笑自己，无非也就是个物质的女子吧了。但是，这物欲的世界，还有几个人，能保持住天然纯真？她已历千山万水，本来也不是单纯的女子。

车里开着空调，恰好的温度，隔开了城市的热浪，音乐溶溶，是弦乐的萧然，一切都那么舒适美好。她不复平时的寡言，时而迸出几句经典的言语，让自己都觉得诧异。而他，波澜不惊的表情，缓慢的语速，表达明朗的想法，是个条理清楚的人。交谈的气氛一直很融洽，他说他去年刚从美国回来，美其名曰"海归"，持币观望了一段时间，目前正准备和朋友投资做地产。她也详细地介绍着自己，26岁，还是芳龄，却已经历了一场短暂的婚姻。台资企业里的小主管，天天穿着干练的职业装表示庄严肃穆，以为不苟言笑才可取信于人，却深知，自己还有自由奔放的灵魂。

好畅快，这是她在离婚之后的一年多里，第一次说了那么多的话。那场旷日持久的婚姻拉锯战，几乎榨干了她对人性所有美好的想象。和前夫，大学同学，明明是曾经深深相爱的人儿，为了一套房子的归属权问题，怒目相视，甚至于断送了所有的恩爱。人真的不应该结婚，她冷静下来的时候常常这样想。爱情从来不会在婚姻里永固，即使所有的客观都呈促成状，还是无法长期保鲜。说到底，爱情只是间歇性情感，她觉得自己已经永远失望了。

那天晚上，他开着车带着她，一路聊天，本可以直接从厦禾路小捌，垂直到达她居住的小区，可是他却把车开上了文曾路，环岛路，再经会展中心，走观音山，五缘湾大桥。一圈圈绕，再绕，她没有异议，到达家楼下时，车上的钟直指午夜12点。她下车，收敛快乐，恢复庄严，隔着车窗向他致谢，却不说再见。一程的开心，她以为就是结束了。可是他开了车门，下车，绕过来，给了她一个美国式的大拥抱，然后才说晚安。那个拥抱，持续很久，温暖妥帖；那声晚安，柔软多情，几乎是贴着耳根说的。她嗅到他身上轻淡的古龙水的味道，有些惊惶。对方也许是出于礼节，英美绅士的礼节而已，可她却很清晰地听到了自己心跳的声音。

她进了电梯，人还有些恍惚，他的短信却来了：人散后，一钩新月天如水。她拿着手机笑，原来不是寡趣的奸商，倒是个诗意的男人，丰子恺的词句信手拈来呀！可是，这和她又有什么关系？她想不明白，心里却分明充满了对未知的期待。

尔后，就有了一些联系，大多是短信，说一些很家常的话。比如今天工作忙吗？中午吃了啥？或者是她对漫长会议的抱怨，对某个长官的点评。当时，他的项目在筹备期，时间很紧，短信却天天不落。渐渐地，似乎就入了佳境。

他发，久不见，想你了。

她在这头心满意足笑，回，这不奇怪，我已经习惯了。

他再发，很好，花自飘零水自流。后面，缀一个符号笑脸。

她恶作剧，促狭道，你应该说多情总被无情恼。

发完，电话即来。她不说话，他也是，两端都是开心地笑。一节一韵，那么合拍，高山流水，真的是知音的感觉。彼此说什么话，都能互相明白，遇上一个懂得的人，这就够了呀，她已经觉得这就是上帝的慈悲了。

临挂机时，他忽然说，咱们约个时间见面吧！她随口答，好啊！可出发前，她却为穿什么衣服慌了神。适配他的儒雅和淡定，应该只有柔美，可她翻遍衣柜，清一色的灰黑，这些凌厉的颜色，第一次让她觉得厌恶。只得特别跑了商场去，粉蓝白紫的少女装柜，和煦的感觉，像她心里的一大片春天。她最终挑了件长裙，V字领，刚好现出细致的脖颈，长缎带在腰间编一个蝴蝶结，更显婀娜腰肢。他来接时，惊艳淋漓尽致，眼里的欣赏像满盈的泉，一点点外溢，使得微笑的表情像掺了蜜似的。他打着方向盘，别了个漂亮的弯，似乎是不经意的，说，"你的另一面，更美！"并非初识风月的女子，却还是忍不住娇羞，轻轻笑，答一声谢谢，她觉得双颊开始热烈滚烫起来。

　　去的是岛外的温泉。丛林掩映间，林林总总的泡汤池，像漂浮在红尘之外，格外的清冽天然。巴厘岛风情的园林景观里，花花绿绿的泳装，他和她落于人海，各据一处，直至晚上吃自助餐时才见上面。她有些失落，却又觉得只有这样，才是得体的。

　　晚上，他们住在温泉酒店里，小木屋子，他住她的隔壁。半夜，她恍惚觉得有人敲门，但又不确定。望着窗外半圆的月，定定神，披衣去开门，屋外却已无人影。他的房间，暖暖亮着灯，她不去敲，又回到床上，心有些空落。她想起了《倾城之恋》，想起了白流苏和范柳原，香港浅水湾酒店，他们也是住着相挨的房间，也是这样有月的夜。寂静的四野，浅水湾睡着了，范柳原打来了电话，深情款款，"流苏，你的窗子里看得见月亮吗？这边，窗子上面吊下一枝藤花，挡住了一半。也许是玫瑰，也许不是。"白流苏握着话筒在这屋哭，恍惚觉得这是一个梦——越想越像梦。如今，她也是这般想的，他来敲门了吗？或者根本这只是她的"心头想？"她想着白流苏，想着自己，在月华下落了一枕的泪，却不敢有任何的动作。

　　这之后，经常约着一起外出，聊天，喝咖啡，野游，都在离城市很远的僻静处所，世外桃源一般。她望着自己和他，联想到武侠小说里逍遥世外、仗剑江湖的神仙伴侣，心就像飞翔一般。

　　爱，说不出来，而喜欢，却已肆意弥漫开。她晦涩的生活因为他的存在一天天鲜活起来，冥冥中的期待让她容光焕发，不复原来的沉默和委顿。但是，她从来只让他送到楼下，尽管她独居的一室一厅优雅整洁，完全可以容纳他上去坐一坐或喝一杯。可是，她觉得这样的道别是一条清晰的界线，界定了她和他之间最后的坚持。

那回，一起去无名的小山村，满园青梅果，缀着丰美的笑。他轻轻蒙了她的眼睛，塞进一个果子说，张开嘴，试试！熟透的梅果，带着新鲜的酸甜，像他带给她的感觉。他问，好吃吗！她心满意足点头，他便开心地笑了起来，就知道你会喜欢。爱恋小女儿的口气，让她感觉到了被娇宠。睁开眼，她望他身上的雅戈尔，藏青夹杂着灰白的颜色，透着锐利而冷静的光，像他的性格。而这个阅历丰厚的男人竟也有如此调皮的一面，该是因为爱吧？她悄悄这样想着的时候，他的拥抱环了过来，耳边，他梦呓一般，和你在一起，真好啊！她把头埋在那里面，感觉那是个可以容纳一生的安全处所，陷下去，再不愿有醒来的时刻——她贪恋这样的怀抱，一开始就是的。可是，他的吻落下来的时候，她却无半点喜悦，只是那么地局促不安。她望向他身后蓝白的天空，青梅树的枝丫把它割成了无数的碎片，尖锐的形状，让光变得遮遮掩掩。人性，也是如此的吧！矛盾的心理，让她在那一刻，又有了落泪的冲动。

某日，听到办婚宴的朋友说，他已经有家室了，她淡然地笑，并不特别震动。从来没有完全把控他的想法，也不想对某些人取而代之，她只是喜欢这样的感觉，没有利欲熏心，超越性别之上。有一个人可以想，便是幸福的事情。至于他的家庭，她一直以为那是离自己很远的范畴。

可是，在那一天，她发现自己错了。

KFC的点餐队列，她在左，他在右，小小的女儿在他身边娇憨要求吃鸡米花，他开心地笑，说，就知道你会喜欢。仍旧是轻缓的语调,带着一点点纵容的味道,像一枚瞄准的子弹,一下子就击中了她,她忍不住"呀"出声来。他转过头,意外的惊讶,来不及调整的父爱表情,让她想起青梅果下宠爱的笑容和动作,想起那猝不及防的吻,还有自己的泪。隔着一米开外的距离,那么近,那么远。心慌意乱中,她看到,他的小女儿跑向一个娇小的妇人,而那个妇人分明正用满怀敌意的眼光审视着自己。女人总是特别敏感的,对方发现了什么蛛丝马迹吗?她开始有些做贼心虚,在对方咄咄的目光中败下阵来。人群中抽身而出,仓皇逃遁,北风鼓起风衣,呼呼作响,决绝的姿态,就此作别了小小的爱,还有大大的罪恶感。

去别人的婚姻里当第三者,这真的不是她的初衷。她搬了家、换了电话,浩瀚都市里深居简出,把自己弄丢了一样。然而那样的一段感情,纵使仿佛依稀,却也是恒久的存在,永远都会让她深记,心湖上曾有过怎样的微澜。

/ 凭　借

烟花毕竟是短暂的、香车不一定时时与人相伴、华服会变旧、帅气会老去、生活会把单纯磨成世故。爱情一旦丧失了使其闪光的凭借，它和任何一种黑暗淡漠的人际关系又有什么两样。

大学毕业那年,她才20岁,年少单纯却心比天高,老家破败的小城留不住她想飞的心,仅去分配的单位看了一眼后,她就背起行囊一个人从遥远的宜城辗转来了厦门。到的时候刚好是晚上,长空无尽,市中心的白鹭洲不知为何烟花如瀑,五彩缤纷的点点光彩如同她梦中的灿烂。她一下子看傻了,提着大包小包站在火车站的通道口一动不动地痴望着,丝毫未觉身后的交通已被自己阻塞。

他刚从一个应酬酒会上撤退,酒酣耳热,却是再不想和那帮只会讲黄色段子的俗人交谈了,只想快速地回到自己的处所,冲个凉,抽根烟,或者再喝杯水,然后美美入梦。可是,唯一的辅通道口,她的行李散落一地,他的去路被挡住了。市区规定不能鸣喇叭,他坐在车厢内心里颇为窝火,憋着一肚子气下车,却看到她微仰着头一脸满足而娇憨的表情,他忽然间满心爱怜,只得又好气又笑地问她:小姐,烟火就这么好看吗?

她盯着那个衣冠楚楚的陌生男人,心里有些惶惑,孤身女子初到异地,心里一片空落,她其实期待着有个人像英雄救美一样掳走自己,如今这个英雄来了,她岂有不跟从的道理。但她又担心一脚踩进狼窝,从此万劫不复。她细细地看他,再看他,最后还是跟他去了他的办公室。一个有着稳定职业的男子是让人心安的,她释然地微笑,开始主动和他冲咖啡聊天玩电脑游戏,天快亮的时候,她困倦了,边说话边打起盹来。他让她睡在自己午休的长沙发上,脱下自己的西装帮她盖上,僵坐着保持一个姿势直到她醒来。

后来,他成了她的上司,也成了她在这海滨城市里最亲密的人。他安排她的生活起居,教她为人处事,甚至在无人的时候揽她入怀,用修长白净的略带烟草味儿的手指轻抚她的脸庞她的唇……

其实她并不是他生活中唯一的女人,她知道他与集团公司的女老板已经来往五年了,那种感情不是爱,却绝对是名利、财富和生活之间的一种平衡。

她在一次缠绵之后说,你可以离开她吗,我想要你的全部!他不回答,只是问:如果我不是现在的我,你还会爱我吗?她想了片刻,随即重重地点了头。他把她揽进怀里,抱得紧紧的,一时颇有些动容。在名利场里泅渡太久了,他已经很久没遇到与金钱无关的感情了。可是要舍弃如今丰裕的物质生活,他其实也还没做好准备。

她希望能够爱得更纯粹一些,他却在游离状态黏着,而知悉消息的女老板很快就来找他摊牌了,在凌珠宛别墅宽敞明亮的大厅里,保养得很好的女老板轻轻翕动两片红唇,心定神闲、吐气如兰,摊牌的结果最终蜿蜒成他的两种选择:要添香红袖,还是要继续拥有如今的一切。

他沉默着,一时不知如何回答。她在这时款款从楼梯上走了下来,年轻的眸子在灯光下波光盈盈,苗条的身躯玲珑有致、摇曳生姿。他像中了催眠术似的即刻起身上前,揽住她柔软的腰肢,她冲他妩媚一笑,紧紧地把自己贴在他的肩膀,浓情蜜意尽在眼角眉梢。

女老板轻轻击掌,保持着一贯的优雅,她说,看在你们的爱情份上,房子和车我不收回了,算是送给你们的贺礼。

一脸幸福的她挽着他的胳膊,骄傲而字正腔圆地吐出一个字"不",施施然从女老板的面前走了过去。

他们净身搬出凌珠宛,用不多的积蓄在市郊买下了一幢半旧不新的民房,开始俩人清贫而相知相惜的生活。他在市区找了份工作,每天都从市郊转三趟车到市内的公司上班,晚上则要到万家灯火才得进门。不管多晚,她都是会等,除了等他,她也不知道该做什么,她还没找到工作,也没什么朋友,又听不懂邻居的闽南话,每天就在家里涮涮洗洗,看看书看看窗外,无聊的时候还注意过蚂蚁寻食。可是，他们的心里都充盈着幸福，以前的那些高消费场所是不能去了，有闲的时候去市区打牙祭，顶多也就是吃吃大排档，喝点冰啤酒。看着她细细碎碎地嚼着青菜，他的心里会有一点点的隐痛，而她当时是心满意足的，收获了爱情的女人感觉非常滋润，她以为爱情会在任何困难面前所向披靡。

　　生活一天天游离在岁月的足迹里，他回家的时间却随着日子的推移越来越晚，毕竟是"人在屋檐下"，事情没干完就要加班，工作没做好还得挨批；偶尔出去办个事，先得排上半小时的队，然后再小心翼翼看人家的脸色行事；挤公交当然也比不上开私家车，车厢里众生百态，什么人都有，一不小心踩了别人的脚，就会招致市井民妇一顿辱骂……生活以一种具体琐碎甚至有些丑陋的面容呈现在他的眼前，这是他以前从没想过从没遭遇过的生存状态啊！

　　烦躁自此日日俱增，逼迫得他都有些快崩溃了，要命的是这样的情绪在两个人之间互相传染，她的心情也逐渐阴郁起来。于是，俩人见面的拥吻省略了，温存也越来越淡，他经常彻夜不归，她则游魂一样地在各种各样的酒吧里晃荡，两个人都变得易怒而凶猛，一点点的小事情也会导致口角不断、战争升级。他有一次还伸手打了她一巴掌，只因为她询问五百块工资的去向。爱情在为茶米油盐劳顿的日子里渐渐被挤兑到了角落，不是不爱，是没有时间也没有心情去爱。

　　他经常回想自己以前的风光，开名车，穿名裳，和名流为伍，当时的腻烦和厌倦却成了如今的渴望和怀想，他暗暗感叹人真是奇怪的动物。她则怀念初到厦门时他的关怀和照顾，也常常回忆起高档生活所带来的虚荣的满足和心情的愉悦，爱情难道时时需要物质的滋润？她有时也会这样问自己。

　　他们最后一次外出就餐时，天气已经微凉了，她执意穿他送的短裙短衫，绸质的缎带在脖颈间扎出个小巧的蝴蝶结，烘托她姣好却肃穆的脸。他开着借来的车，带她到环岛路吃沙滩排档，点了很

/ 凭　借 ｜ 109

多她爱吃的蟹贝鱼虾，很细心地一点点剥壳剔肉放到她碗里。她有泪下的感觉，自从搬出凌珠宛，他已经很久没有这样温存过了。但同时她也觉察出了今天的与众不同，自己的穿着有些刻意，他亦是过于隆重，黑白条纹领带、纯白压纹衬衫配薄毛料西裤，这套五千多块钱置办的行头，他一年也穿不上几次的。后来她喝多了酒，如往常一样歪在他身上睡觉，半梦半醒间听到他一个人喃喃地说一些回忆往昔的伤感的话。他说他不明白俩人为什么会走到今天这个地步，他说他是爱她的，他原是打算娶她为妻，与她相守到老的啊！她再也忍不住内心的凄切，泪人一样地紧紧抱着他说，我们重新开始好不好，我们不要害怕过苦日子啊。他说不清自己的感觉，只是一遍遍帮她擦着好像永远也停不了的泪水。

  北雁南飞的时候，他们还是分开了，说不上是谁先提出来的，也没有谁试图做挽留，似乎这样的结局，彼此早已心照不宣——爱情已然千疮百孔，弥补岂是一朝一夕？

  女人喜欢在终结爱情的时候，离开那座产生爱情的城市，好像只有这样才能让自己忘得彻底，把伤心回忆从链条的一环中永远根除。她同样选择了这种方式。

  作别厦门的时候还是晚上，只是这一夜没有烟花，她冷清清站在来时的通道口，忽然有了千帆历尽的感觉：爱情都是与一些绚丽风光的东西同在的，比如烟花，比如烟花中那个开"帕萨特"穿"雅戈尔"的帅气男人，还有仰望烟花的一脸单纯透明的外乡女子。但烟花毕竟是短暂的、香车不一定时时与人相伴、华服会变旧、帅气会老去、生活会把单纯磨成世故。爱情一旦丧失了使其闪光的凭借，它和任何一种黑暗淡漠的人际关系又有什么两样。

/ 距 离

距离是我们表达爱的最佳方式，不是枷锁，不是手段。

他的办公桌在她的前面，窄窄的格子间，象征性地镶着透明玻璃，隔着差不多三十厘米的距离，窄窄的过道，咫尺天涯。

他是她的上司，台资企业里一个小课长的职务，权力不大，负的责任却不少。每周一的早操朝会上，他都得上台说几句和产品品质相关的话题以示呼吁。演讲并不抑扬顿挫，很平和的语调，实在地说一些事，但话音甫落，必有此起彼伏的喝彩应声响起，根据方位判断，喝彩声基本都来自生产现场一线的方位，那里站着许多年轻的女工。

这样的场景，总让她鄙夷地皱眉：能让这么多女孩迷恋的他，其实也不怎么样啊！

同事两年了，她每次抬头都会看到他的后脑勺，圆滚滚的脑门、脖颈略显粗壮，隔着玻璃看，更显得失真，像极了佛龛上憨态可掬的笑弥勒。她并不信佛，既不喜欢神像的内里，也不喜欢神像的表象。浑圆的脑勺，只能让她觉得愚笨和呆板，无论如何，是和俊美沾不上边的。以至于后来，她每次抬头时，脑袋里都是脑满肠肥这样的字眼。

不知是不是因为这样，她对他的印象总也好不起来，而他对她，却总是那样的宽容和友善。

有时，他笑眯眯地说，麻烦请帮忙我Copy这份文件，谢谢。她心里是不愿的，脸上也挂着霜，却不好推却，闷了片刻，气鼓鼓地瘪着嘴嚷，一份，两份，或者是十份，不清不楚的，让我怎么印呀！他正忙着，边找印章边说，这只是一份会议纪要，留底用的，当然只要一份啊！她看了文件内容，自觉理亏，又不愿住嘴，只得低低骂了一声讨厌。听她孩子气的斗嘴，他不由抬起了头，正撞上一张微怒的桃花脸，他随之便笑了。

那次，他为了改一张图纸上的尺寸，拉网似的找人借橡皮。最开始，他是问了她的，但她头也没抬，只是摇头。他只得去了其他部门，遍寻未果，折身回来，眼睛逡巡过她的笔架，他有些喜出望外地说，不就放在这里吗！看你这记性，快借我用用。可她只是冷冷地看了他一眼，遂顺手把橡皮塞进抽屉，恶狠狠答，"不借。"他有些窘，众目睽睽下，也沉下脸来。她迎着他气愤的眼神，憋着一张俏脸，明显地带了些挑衅意味。她知道他生气了，生气时沉默，这是他的惯常行径。但他并没有发作，回座位的时候，一把将图纸揉成了稀巴烂。

他不知道她为何会这样，要知道，他对她可一直都挺好的啊！工作餐时间，他为开会的她悄悄留一些饭菜或干脆把自己的一份匀出来；聚餐的时候，他总是帮她挡酒，倘若喝醉，他必自告奋勇当护花使者；她忙乱的时候，他就不声不响帮着传真、复印、发文；他每月都给她评了很高的绩效，丝毫不睬来自四面八方的流言蜚语……这样的鼎力，不知道她是否看在眼里，或者仅仅只是看在眼里而已，浮在表面的关系，让他总觉得自己是她的前世冤家。

日子就这样水波不惊地流淌着，她依然讨厌他，他仍是含笑以对。她学会了在抬头的时候闭着眼睛做眼保健操，他则心心念念，希望能给她一片无风无雨爱的晴空。

入夏的某一个夜里，主管召集大家到环岛路吃海鲜，酒酣耳热之际，主管宣布了他不日将调至北京分公司任职的消息，她心里忽然咯噔一下。那夜，大伙儿都与主角觥筹交错，没有人来劝酒，她却自斟自酌，醉得一塌糊涂。曲终人散时，他又被一伙男同事簇拥着去K歌，第一次，他没有送酒醉的她归家。她自己拦了一辆的士，跌跌撞撞，连怎么进门都不知道。半夜里醒来，头痛欲裂，夜色苍茫，黧黑的出租房里灶冷锅空，她竟连一杯热开水也喝不上啊。那时，她忽然强烈思念起了他平素对自己的体贴和照顾，惯常于忽略的点点滴滴这下子全涌上了心头，孤身在外的女孩子，最需要的不就是被爱的感觉吗，可是，溺爱自己的他，很快竟也要远走他乡了呀！

在他临行前的一个晚上，她主动打电话约他吃饭。公司附近的一个简易西餐厅里，灯光喑哑，音乐溶溶。那餐饭足足吃了两个小时，两个人都不多话，只是不时转动着手中的咖啡杯，只是一小口一小口抿着，只是不时侧头看窗外的车水马龙，或者目光不巧相遇，随即急急避开。她知道自己是在故意拖延时间，却不明白自己为什么要这样，这是她第一次如此煞费苦心地想对一个男人用心，可是如何剖析自己的心绪，她亦是茫然的。她说了一两句话，都那么语无伦次，她想表达自己对他的歉意或是其他，但一直有一股说不清道不明的苦闷正在她的胸腔处蒸腾，似乎是平时大口汲取的来自他的感情，现在要由她自己全部吐出。

他走的那天，她起了二十五年来的第一个大早，也顾不上吃早餐，搬出衣柜里的华服逐一试穿，她挽了发髻，还为自己化了个淡淡的彩妆。公司的车载着他早就候在楼下，打开车门，她看到车后座散落着的他的许多行李。那么多的棉衣，是为寒冷的北京准备的吗？她的心竟有些痛了起来。

在高崎机场整洁明亮的候客大厅里，她挨着他坐，随便说着一些日常的话，也不知道该聊些什么。忽然他问道，你平常为什么老对我那么凶啊？书上说，对一个人过分苛刻是因为在意，你是吗？

本来是为了活跃气氛，却催下了她成串的眼泪。他不知所措，只是不停地递着面巾纸，喃喃说，不如你跟我一起去北京吧！我可以帮你申请，老总会同意的啊！她大失风度，像个小女孩一样哇哇大哭，完全没有了平素的文雅和秀气，哭泣的间隙，她抽抽搭搭地嚷，我为什么要跟你去啊，你说个理由呀？

她知道自己这一反问句的询问意向并不强烈，似乎只是瞎嚷嚷而已。与其说是在问他，不如说是在问自己。去留与否，她没有定论，她的心是凌乱，只有离愁别绪蔓草一样疯长。

同样的，他也是沉默的，他没有理由，只有喜欢，虽然她易怒、任性、也不够温柔，但这就是她全部的可爱和可气了。那么单纯透明，完全不设防的一个小女子，如何能让人不爱哩！

想我的时候就到北京来。最后，他也只能这么说了。飞机凌空而去的那一刻，她努力展出一个淡淡的笑，可心里似乎有什么东西正在哗啦啦下坠。

他的位置来了一个俏丽女生，她尽可以一天一款欣赏前座染成栗色的头发，扎高的、披肩的、编辫的……各式各样精彩纷呈。她不用再做眼保健操了，却不由自主地想念着他，想他的温柔细腻，想他的少言少语，想他圆滚滚的可爱的后脑勺。和他的联系也因为距离愈发迫切起来，白天的时候用QQ聊天，憨态可掬的企鹅图像总在屏幕的右下角频频跳动。晚上就用电话或视频，万籁俱寂的夜里，纤细的电话线维系着两地无眠，听着他的声音，她觉得世界温暖一片。可是，她还是在迟疑，在思索，在揣摩彼时的反感和此时的热络，她不明白自己爱的产生为何如此一念之差，难道真的只是因为距离？

晚上，她在博客的个人日志里这样写道：有时候，爱情像一颗带刺的仙人球，靠得太近容易扎伤娇嫩的表皮，继而产生厌恶之感。适当的距离可以调整思维，改变心情，彼此美感产生的时候，爱也势必喷薄而出；有时候，爱情又像一根弹簧，支在两个人中间，欲进不得，欲罢不能，离得近了，爱人会推开你，离得远了，反而能更加亲密，疏疏密密、进进退退的过程，就是在取舍中优化的爱的距离。

与此同时，她在QQ上敲下这样四个字："我想你了！"

他则打出一个微笑符号，结果似乎了然于胸，"明天北京国际机场，不见不散！"

深秋的北京，已经很冷了。他的长衣被风带起，现出笔挺的毛料西裤，和毛色精良的银灰色线衣，手中的红玫瑰在风中显得柔弱，却那么娇美可人。她觉察到了他的用心，吃吃地笑，一遍遍细看着阔别数月的他，心里甜蜜的泡泡美滋滋地冒了又冒，像一汪泉眼。她感觉他变帅了,人也挺拔了一些,圆阔的后脑勺当然还在,却已感觉不出碍眼,上出租车的时候,她甚至还伸手过去摸了摸。

徜徉在首都的街头,风大尘大,细沙磕脸,自是不比一年四季风和景秀的鹭岛,只有心在胸腔里砰砰跳跃,兀自温暖着。他们在长安街上走呀走,希望路永远没有尽头。

"这次来,就不走了吧?"他想了很久,终于还是问了,小心翼翼的语气暴露了男人的在意。

她摇头,娇羞地笑,望着他已经写满惶恐的眼睛,赶紧加上一句,"调动手续还没完全办好哩,还得等上半个月。"

他一把将她裹在怀里,宽大的风衣藏起了玲珑的她,生命似乎就这样融为一体,热烘烘的温暖让彼此都有泪下的感动,她想:距离真好!可以使人更清醒地思考并挖掘对方的优点。如果没有这次的人各一方,他也许就会与自己擦肩而过。

/ 江 湖

三月的桃花和桃花里的故事，已在一场雨后纷纷凋落，残留在枝头的，是春天尚未凝固的泪水，一遍又一遍，温习阵阵隐痛。许多无花无梦的清晨，拒绝温柔的探访。虔诚的祈祷中，只求终有一个你真正心爱的，如我一样爱你的人出现。

那年的春天去得迟,天气已经热了,花却还全开着,周末,杨晓霓和同事们约着忠仑公园看樱花。少女的喜悦真是简单,铺一张野餐布,摆几样小吃食,说说笑笑,已是一天。坐上回岛外的小巴,杨晓霓照例给家里打去电话,细细碎碎说着今天的事。正和妈妈说着话,却看到窗户下面有人打架,两个硕壮的男子追打着一个瘦高的年轻男生,踢肚子,揪头撞,招招狠,一点不留情。男生紧紧抱着手中的袋子,任拳脚横来,完全没有招架之力。杨晓霓赶紧收线冲下去,但也没能帮上什么忙,情急之下只得大喊我报警了报警了,警察马上就来。

谁先跑谁理亏,两个壮男子听说警察将至立马作鸟兽散,年轻的男生捂着肚子慢慢站了起来,颀长的身材,模样周正,发也梳理得很整齐,下身是纯黑的长裤,白衬衫配一件略略有些偏紧的编织毛衣,在满街男生西装革履或夹克等身时,这位先生多少显得与众不同。

"谢谢你!"他捂着肚子,慢慢说,"刚才取钱时被他们盯上了,上车就跟着的,怪我自己没长心眼。"

苗条娇小的杨晓霓摆摆手,像个侠女一样说:"没事没事,你受伤了,我陪你去找医生看一下。"

男生刚想推却,杨晓霓已经不由分说架着他往前走。除了脸上挂点彩,其他倒无什么大碍,杨晓霓扶着他回出租房,末了还留下来用一个西红柿帮他下了面条。等一切折腾停当,杨晓霓悲摧地发现,时已凌晨一点,宿舍的大门肯定早就关了。

男生说:"如果不嫌弃,你可以在我床上凑合一晚,我在外面院子里打打盹就行。"

杨晓霓说:"这怎么行,我连你叫什么都不知道!"

男生掏出一张工牌,上面有他眉眼周正的一寸小照,隶属财务部,全名陈瑶文,他的单位与杨晓霓公司竟然只有一墙之隔。

陈瑶文租的是老石头房子,房间并没有窗,一点风都不透,足以把人热晕,但杨晓霓还是沉沉睡去,似乎还做了个梦,半梦半醒间脸上有爬行感，下意识伸手，竟然是一只浑身刺乎乎的蟑螂，她吓得大声尖叫，继而一溜烟跳起惊慌失措大哭起来。

陈瑶文顺理成章英雄救美，杨晓霓在他的劝慰下重新入睡。对于这个初次相逢的男子，杨晓霓心里有莫名的信任感，那种感觉，说不上具体，但很安然。那晚的星月也作美，月空皎洁明亮，像一面发光的铜镜，天幕深沉，蓝色丝绒般伸展，星很少，更烘托出月圆的美好！杨晓霓就这样沉沉睡到日上三竿，睁眼时发现陈瑶文歪靠在床头柜睡着，而自己的左手，被他紧紧地握着。

夏天日长，情也长，到了傍晚，无所事事，杨晓霓给陈瑶文打电话，想问问他脸上的伤可有好全，也想去看他。电话通了，陈瑶文却有些犹豫，说，你过来吧，我在莲坂天桥。

去后才知道，陈瑶文常年在天桥上练摊，卖一些打口碟。他家里穷，负担又重，妹妹有先天性心脏病，那天何以面对小偷群攻，他仍紧紧护住手中袋子，因为那是他东凑西挪来的两万块钱，要寄回去给妹妹看病。

人穷志不短，陈瑶文从小便发誓要出人头地，可是呵，城市不相信眼泪，勤劳并不一定就有机会，他白天在一家私企当会计，晚上兼职出来天桥摆摊，每个月把大部分的收入寄回家，扣掉房租后生活常年捉襟见肘。

八月流火，晚风也带着烘干机的热气，杨晓霓心里的侠女气又被挑起，她想要帮助他，助他一臂之力，哪怕仅仅只是与他站在一起也是好的。

天桥，人声嘈杂，蚊子一会儿就咬出了一个包。陈瑶文拿一个碟片的包装套轻轻帮杨晓霓上下驱蚊，他说，"晓霓，你先回去吧，明天你还要上班呢！"

杨晓霓反问："难道你明天不用上班？"

陈瑶文就笑，这个美丽善良的姑娘，是他喑哑灰淡生命里的一抹亮色，他自觉自己配不起她，却又有想拥她入怀的渴望。

爱与被爱，日日堆积，带着这样复杂的情绪，陈瑶文与杨晓霓走到了一起。无数个夜晚，他们并肩倚在天桥上，一人一边塞着耳机听小野丽莎，"我爱这夜色茫茫，也爱这夜莺歌唱，更爱那花一般的梦，拥抱着夜来香。"无数个夜晚，陈瑶文向杨晓霓一遍遍说着未来的人生，说他喜欢看古龙的武侠小说，说有人的地方就有江湖，而要叱咤现代江湖，靠的必须是经济自由，并非原来的侠肝义胆就可以。

杨晓霓总是认真地听着，有些痴，对于陈瑶文，她的爱里夹杂着敬佩崇拜怜爱还有关怀。她爱他的自强自立，敬他志存高远，即便他要上九天揽月，她也愿意倾尽所有，助他一臂之力。她坚信，他们终会走到一起。

第二年盛夏，陈瑶文顺利通过助理会计师考试，升职加薪，日子渐过渐好，晚上的练摊也可以偶尔偷闲。海边走，沙滩坐，杨晓霓吵着要骑单车，陈瑶文却无论如何不允许，他说："我技术不行，不能载你。"杨晓霓反唇相讥："那你上次怎么就敢载某某了？"陈瑶文正色说，"载别人时我没什么好担心，但载你我要担心死，摔了怎么办。"

杨晓霓的心像风帆被甜蜜灌满，她牵住陈瑶文的手，说："瑶文，我们结婚吧，我爸妈可以帮我们凑首付，我们一人一份工作也够开销了！"

海是那么美，远远的灯光像一个海市蜃楼。陈瑶文叹口气，把杨晓霓抱进自己怀里，说："你今年22，难道会愿意这样活到60岁？永远奋斗永远拮据，一分钱要掰成两分花，买个哈根达斯想半天，我怎会愿意让你过这样的日子。"

杨晓霓伸出手去，环住陈瑶文的腰，星空如水，照着俩人紧紧相拥，但她的言语里却有些负气。"真正爱一个人就会觉得，和你在一起，什么样的日子都可以过。"

秋季开学，陈瑶文去厦大上MBA，对于他们来说，学费简直天价。但杨晓霓听说读MBA可以认识高端人群，建构个人关系，为未来筹划更多种可能。她把父母给的准备买房的钱倾囊而出，为了他的上学还置办了好几套行头。开销大了起来，夜里，杨晓霓又一个人去摆摊，站在长长的桥头，望城市灯火辉煌，一盏又一盏的灯悉数亮起，哪个窗口会是自己的家？心里有点茫然，但更多的是甜蜜，和一个深爱的人在一起，为两个人的前程一点点打拼，杨晓霓觉得自己的勇敢一天天鼓胀，受苦也是幸福！

所幸大约半年后，陈瑶文真的进了一家金融公司任财务经理，薪水慢慢多起来，他把赚到的钱悉数都交到杨晓霓手上。而她依然保持着节俭的习惯，努力地存着，一点点算着首付到底还差多少。他们搬了家，租了小小的一室一厅，窗明几净，与原先不透风的小角落自然是天壤之别。环境在变好，生活在推进，你侬我侬，山高水长，杨晓霓梦里常笑醒，她总以为，这样的日子是会一直过下去的，两个人会结婚，会生孩子，相爱一生，名正言顺。

春节快到了，杨晓霓计划带陈瑶文回老家，他们准备的厦门特产在厅角都堆成了山，给杨晓霓的亲戚也各自带了礼物，陈瑶文还贴心地选了条铂金项链，准备要送给未来的丈母娘。

临行前的那天晚上，杨晓霓忙着收收捡捡，陈瑶文悄无声息走进来，从背后轻轻说，"晓霓，我有个事想和你商量。"

杨晓霓不觉有异，她正在整理礼品，把几盒海参分类归置。随口答，"嗯，我正忙着呢，你说着我听。"

陈瑶文却又无话，沉默许久，杨晓霓抬起头，狐疑问道："怎么又不说了呢？"

"晓霓，我想，我们暂时分开一段时间。"陈瑶文的话像一颗子弹，忽然射穿胸口，杨晓霓有些不相信自己的耳朵，手中的盒子一松，砸在地上，碎成无数片。她觉得自己眼前金星乱冒，心似刺进玻璃碴，皮和肉，生生疼。

陈瑶文深吐一口气，继续往下说着，像讲一个别人的故事。他说，老板的千金看上他了，他说让杨晓霓等着，他会很快结婚很快离婚，依他高超的金融手段，兴许只需两年，他就有办法将家族的资金大部分转到自己名下，无须兴师动众且会顺理成章，到那时,他就能够让她过上好日子,永远永远衣食无忧。

她有些激愤,一时泪如雨下,却也不知道要干什么,她来回踱脚,小小的肩膀不住颤抖着。"好日子是什么样子呢,住别墅,开豪车,拎名包,整天无所事事出入高档场所,和一批阔太太今天打麻将明天约桥牌,是这样的吗?"

陈瑶文并未回答,两人陷入沉默,只有接触不良的日光灯,在他们的头顶吱吱作响。

杨晓霓跌跌撞撞走向玄关,面对面错身时,她扫视陈瑶文的脸,忽然无法承受成功这个可怕的念头。在她23年的人生经验中,她也曾渴望功成名就渴望被簇拥被尊重,站在聚光灯下巧笑嫣然,但那样的成功至多就是饱胀的绽放欲望的花苞,花开了会有暗香浮动,云也淡风也轻,现世依然安稳。

而陈瑶文对成功的定义不一样,他的体内从小饲养一头名叫理想与憧憬的猛兽,啃噬着岁月静好,也侵吞着正常人的普通幸福。他那么坚信自己能成为自己领域的发展史,占据首位,拔得头筹,好让陈家门楣从此改换。为此,他可以舍一切不顾,可历险境,剑走偏锋,多么让人无法想象。

杨晓霓自己一个人踏上了回家的路,从南至北,一路都流着泪,她执意一个人走,拒绝与陈瑶文再有什么话说,仿佛,是就此别过。

大年夜,他的微信发来,"真正爱一个人就会觉得,和你在一起,想把什么样的好日子都让你过。"这句话本是她说的,现今他微微改几个字,意境却已完全不同。一切都已错了位,什么话都不必再说,她笑笑删了他的微信,竟也不再泪流。

或许,完整的人生就必须是这样的五味杂陈,遍体鳞伤,才换来人的成长。她曾经是个单纯美好被父母呵护长大的宝贝,22岁以前不知愁苦为何物。明丽的她,期盼着自己长大,幻想找一个人,一起共筑人生一起笑傲江湖,却不想江湖如此险恶,人会为了往高处走,把真心踩在脚下,还说你且等待,我去去就来。

多么可笑!

那个年过得极为酸楚，不仅仅因为儿女情长，还因为妈妈忽然病倒了，急性痛风，在医院住了整整三个月。很长的一段时间，杨晓霓天天陪床，医院里的生死真多，车祸推进来一个，花了三十多万抢救，最后还是去了；又进来一个，全身弯曲僵硬，家里专门请了看护，但看护整天抱怨，怨病人重，怪病人大小便麻烦，还说这种病我看多了，大概半年都不会醒，钱都是白扔的，也所幸人家有钱。

呵，金钱不是万能，没钱却是万不能。杨晓霓的妈妈虽有医保卡，前前后后现金也交了近十万，所幸有陈瑶文交到她手上的那些钱，她今天一千明天两千地交着，快用完时护士小姐会过来喊，3220床，你们的钱快没了，得去交一下。看着父母亲短时间内愁白的头，杨晓霓忽然有些明白了陈瑶文的选择。

再回厦门，又是一年盛夏，路两侧的行道树，依然有芒果挂满枝。陈瑶文曾经孩子气地在树下守着，说等等哟，掉一个下来我剥给你吃。这样的场景恍如隔世，也恍然如昨！

杨晓霓从报纸上看到了陈瑶文的结婚启事，他结婚的酒店就在这座城市最好的海边，大大的外场也搭成西式的T台，在婚宴前还会先办一个订婚的仪式。据说他们的爱巢在离酒店不远的云顶庄园，首富盖的别墅，仅十余套，每套以亿计费，连停机坪都已准备停当。有钱人真会玩，生怕钱花不掉，陈瑶文追求的功名利禄均已达到，青翠半山的别墅，远处松涛外就是天与海，入则清幽出亦繁华，果然上选。

或许正如书上所说，欲望与理想的区别就是人能力的边界，你实现了便是理想，实现不了只能是欲望。为了把这个欲望变成理想，陈瑶文也付出许多，不管值不值得，他终归拥有。

杨晓霓在海边走，听着涛声，了然于胸地笑。她与他，已经隔开了千山万水，隔着一个硕大的江湖，刀光剑影，衣香鬓影，她都不想再理。

说到底，这是陈瑶文一个人的江湖，却绝对与杨晓霓，再无半点关系。

/ 含笑花开

当你抱怨世界黑暗时,请不要忽略在这个美好尘世里,总有那一两个人,足够让你感到温暖。

远志第一次看到慧珏，是在他办公的那幢别墅里。早春二月，新年刚刚过完，窗外的含笑花竟已绽出了几个花苞，上班时，他突发奇想掐了几朵放在案头，阵阵清香，有香蕉果的甜美，远志想起了童年乡下的小花房。慧珏进来的时候，远志还在出神，抬头，就看到了一个苗条的女子，穿嫩黄色的连衣裙，简洁的样式，衬着肤色，盈盈的面容，像极芬芳的含笑花。

　　慧珏应聘的是出纳一职，可是她没有任何工作经验，也不是本地户口，显然不符合要求。可远志想留下她，留下她是很容易的事，远志虽然不是老板，但业务了得，欧美的那些大客户都只买远志的账。朋友们劝远志自立门户，可远志不愿，一年40万的年薪，已足够他过舒心日子，闲云野鹤，才是他最想要的生活。

　　慧珏成了远志手下的一员，她的简单马尾和素洁连衣裙，似乎固化了初见模样。办公室里的其他女子，一应花枝招展，逮着机会就谈香水、谈时装、谈美容、谈男人。只有慧珏，通常翻书，很安静的样子。

　　下班，远志故意最后一个走，经过慧珏的办公桌，去翻她放在案头的书，原来是《菜根谭》。第二天就发现她把QQ上的签名也换成了《菜根谭》里的词句"鸟语虫声，总是传心之诀！"这是一个什么样的女子？远志猜不透，但因为猜不透，而饶有兴趣。对慧珏的细致观察，远志自己也觉得刻意，远志的身边，从不缺少女人，可是，清雅的慧珏，分明就是红尘之外一池水，尽管远志在第一天就看到，她的履历表上清楚写着"已婚"，但心还是不能自持地动了又动。

　　周末，公司举行DIY烤肉活动，大伙儿起初很兴奋，望着一堆原材料，却傻眼了。活蹦乱跳的虾，带着血水的肉，大把大把的四季豆和茄子，慧珏仍是笑意盈盈的，她一个人洗洗涮涮，忙活了大半个下午，末了，还主动生火，燃起了烤炉。远志的办公室正对着后花园的草坪,可以清楚看到慧珏忙碌的身影,他想出去帮一把,又怕员工们笑话,握了一杯茶站窗帘后看着,茶凉了许久,仍是满满盈盈。

末了,又是慧珏收拾残局,另外的女孩,早如花蝴蝶飞走。慧珏锁铁门的时候,远志已在车里等了很久,可他还是装作凑巧的样子,说"一起走"。窗外,是城市流丽的夜景,车厢内,却空气沉默。远志试着打破僵局,"今天你很辛苦,我请你喝咖啡,或者看电影。"他的声音带着一点点的深沉,听起来极蛊惑,可慧珏拒绝,"不了,远总,我还有事的。"然后,又是无话。远志从后视镜里打量慧珏,她抿嘴时,双颊的梨涡会很深地陷下去。远志多想自己可以去测量那两个梨涡的大小,用食指,不,也许用小指就足够了。可是,他不敢,只是臆想着,慧珏和他身边环绕的女子,显然不同。

车子七拐八绕,从繁华到破败。慧珏一句,到了,远志的心似被重重地撞击了一下。那是老城区最后的一片待拆房,平层,盖一大片石棉瓦,屋檐下,大大小小的晾晒衣被风吹成了零乱的旗。慧珏下车,在一间装着木门的小平房前站定,落落大方问,远总,进去坐会儿吗?屋里,燃着昏黄的灯,绰绰的影映在窗上,很粗犷的声音,大声行着酒令。远志说不了,他摇上车窗,在暗夜的空气里深深叹息,然后启动车子,绝尘而去。

除了月底的出货报关,远志通常没事,大把的时间用来休闲访友,可自从来了慧珏,他变得敬业,天天准点到,晚点走。这样做,说不上为什么,但远志觉得自己很快乐。他知道追一个已婚女子,多少是不道德的,但心依旧沉沉地陷下去,一片温暖沼泽。

远志开始给慧珏送花,不是艳丽夸张的花束,惹不来许多人的眼。但在每日上班前,远志雷打不动在花园里掐一朵含笑花,悄悄放到慧珏的案头。整个花季,都是如此。

这样做的时候，远志是激动而慌乱的，像个初识风月的孩子。他观察着慧珏的反应。但慧珏并没有表示意外，她还是很禅意地翻书，还是淡淡地保持脸上的笑意。

倒是远志自己先按捺不住了，在QQ上，冒昧地问慧珏，喜欢含笑花吗？

喜欢的。慧珏答。

喜欢我每天早上放在你桌上的含笑花吗？远志的话忍不住地露骨了。

QQ对话框沉默着，许久，慧珏回，所有的含笑花，我都喜欢。

话回得滴水不漏，远志不知如何再发问。

而慧珏很快转移话题，在我老公的家乡朱砂岭，含笑花开得满山，香得让人移不开步。有机会，邀请远总去度假。

慧珏特意提到了老公，似乎为了起强调作用。远志泄了气，一下子哑口无言。他站起来，从百叶窗的缝隙往外望。慧珏今天挽了个高髻，细长的脖颈显得更秀美，表情清凌的瓜子脸，灯光下如瞳的眼闪着寒星似的光芒。远志的心，被爱慕搅成了一池沸水，却只得静等水自己沸干。他越来越经常在办公室里头脑恍惚，这些恍惚的瞬间，是男人最不设防的时候，单纯而爱恋的心事，天清日白，却无法与人言。

周末上街，竟然碰上了慧珏，她站在街头，像束灿烂阳光，大老远便吸了远志的眼。他摇下车窗招呼，一个男人却在这时跑了过来。

慧珏刹那错愕，随即用很快的语速为彼此做了介绍，这是远总，这是我老公。她有些慌乱，丝毫没有平素的悠着，说完，遂急着要走，她的男人却很热情地拉着远志进了餐馆，一定要他一起喝两杯。餐馆是很普通的餐馆，苍蝇蚊蚁随处可见，和远志经常去的西餐厅显然不同。但更让远志难受的是这样的场面，标致的慧珏坐在很普通的那男人身边，款款地笑着，有些偎依的模样，远志的心开始酸痛。

男人喝多了酒了，话很多，"老总啊，您开的这车，我们乡里一个大企业家也开过，他常带我去兜风哩，4个圆环并排叠成行啊，我一看这车标就知道是宝马车呢！"

远志没有纠正，刻意保持着脸上的笑，慧珏却嗔怪道，"大林，你喝多了，远总的车是奥迪。"

男人也不辩解，继续喝着酒，也频频给远志劝酒，很豪气的样子。

很快的，男人便醉了，远志说，我送你们回去吧。慧珏执意拒绝了，她挽着男人，慢慢地，慢慢地往前走，男人的大半个身子，都靠在了娇弱的慧珏身上。远志僵站在原处，全身冰凉，他觉得自己好像听到了断绸的声音，嘶一声，心就裂开了一道长长的口子。

又一个新年近了，慧珏办了辞职，没有原因。远志不知如何留她，也找不到留的理由，便有些强弩之末地说，年终奖就快发了，领了再走呀！慧珏同样说，不了，赶着回老家，接下去车票就不好买了。远志本来想说，我可以帮你买票呀，也可以帮你买机票，这些都不是什么问题的。但是，在一个特别的女子面前，钱并不是万能之物，所有的问题，还一样是问题。远志不甘心地向慧珏要电话，慧珏说有事可在QQ上联系。

自从慧珏走后，远志一整天开着QQ，一坐到电脑旁，便潜意识去找慧珏的头像。但，慧珏的QQ再没亮起，只有虚拟的女士头像，在中分的直发里一直泛着甜美的笑容。

远志去过几次拆迁房地段，但他不敢下车，只紧闭着车窗车门，在车厢里静默发呆。他希望慧珏会忽然从某个门里探出头来和他打一个照面，甜甜笑容如含笑花开。但，他又心悸若是相见不知该做何言。这样的矛盾心理幻变成了一根又一根的烟,远志一根根点燃,狠狠地抽着抽着,像要把发自内心的爱恋与沮丧全部烧掉一般。

书上说,在女人面前,男人往往是在意了并心动了,才会慌乱无章的。远志终于深切明白了这句话的现实意义。

那个新年,他一个人窝在家里,不出门,也不会友,过得十分潦草。

多么长的一段百无聊赖的日子,远志去参加车友会的一个活动,去了才知道是为贵州的一所小学捐款倡议的公益活动。车友会人员团团围坐,中间的圆心处有个女子正讲着当地的一些情况:60多个孩子,集中在四处通风的竹棚里上课,老师只有一个,兼任了一年级到六年级的所有课程。有一回下大雨,竹棚里全是积水,三九隆冬的天,孩子们的脚泡在水里上课,却没有一个要求离开。女子边讲着,边掉泪,在她哽咽的声音里,远志的心被强烈撞击着。那个女子,竟然是慧珏,她,还在厦门。

原来,慧珏就是那所小学唯一的教师,她不仅将青春献给了大山里的教育事业,也将自己的一生安放在大山里的男人身上。慧珏说,男人是个好人,为了山里的孩子,他放弃了镇政府科员的安逸生活,情愿陪她外出打工挣钱。她们一起计划好了,打工一年,赚够钱,就回去,他们要为那些大山里的孩子,建一所可以遮风挡雨的小学校,哪怕只有一间教室,也是好的呀!

远志说不出话,在慧珏讲述的过程中,他一直有鼻酸的感觉。他说不清楚,自己是为大山孩子的悲苦而震动,还是为慧珏的大爱所动容。但他清楚知道,慧珏的魂在大山里,这个繁华的都市无非是她暂时的落脚点,是理想实现途中的小小加油站。包括远志自己,也终无法是她生命永远的归依——她和那个男人之间,曾有太多的往事发生,那是远志无法走进去的,她和他的往事。

远志捐了20万，他对慧珏说，如果不够，你再给我来电话。慧珏摇头。远志很郑重地说，我，不是为了你，是为了孩子们。慧珏没有说话，两个人都僵站着。许久，慧珏主动走近远志，轻轻地拥抱了他，说，谢谢你远总，真的谢谢。深秋的夜，有些萧瑟的感觉，远志想伸出手去，揽娇小的慧珏入怀，但他最终只是拍了拍她小小的肩膀，说："珍重！"

慧珏走后，远志过了一段混乱的日子，也没有主动和慧珏联系。直到八个月后，收到慧珏寄来的一封信。她在信里说，学校盖好了，孩子们以后雨雪天也能上课了，还修了个篮球场，买了教科书等等。随信，慧珏寄来了一张照片，是她和她全校的63个学生一起拍的。照片背景是新落成的学校，"远志希望小学"几个字在夕照下发着粲然的光。慧珏被孩子们簇拥在中间，笑眉弯弯，眼神清朗。她的头上、脖上，都是含笑花串成的花环和花串。她，就这样，像一朵形象的含笑花，在远志的眼里无限放大。

信的末了，慧珏写道，含笑花开了，欢迎你过来走走。我和孩子们都盼着你呢，最好最好的远志叔叔！

远志掩上信，微微露出笑意，他直起身，看衔泥燕子正在屋檐欢欣低飞。窗外，春光正好，三月的灿烂长似永恒。

/ 种一棵树在心底

他们是上帝眷顾的两个人,是彼此生命里突如其来的出口,只有身处其间,才知道是怎样神奇和无法解释的转折。

顾若第一次见徐和,是在17岁那年的圣诞夜。彼时,她矮且胖,不到160的身高,却有120斤重,怎么看,都不像个花季少女。优秀的学业曾经是顾若最引以为豪的事情,但是,她高考时拉肚子,导致失利,最终只上了三流大学。

因为这些,顾若很沉默,像一枚坚果,用冷漠做了核,将自己紧紧包裹。周末,寝室的姑娘们约会、逛街,花姑娘一样陆续飘走,顾若当然是落单的那个。但外貌普通的少女,通常更有颗善良的心,顾若去郊区的残障学院做义工,这让她觉得,自己的生活,好歹有方向。

这一年圣诞节,残障学院举办化装假面晚会,邀请一些人来观礼,顾若作为铁杆志愿者,自然也在此列。她无意打扮自己,裹着件苍黄的棉袄就去了。去后才发现,自己又是最逊的那个了。残障学院的同学们都在老师的帮助下,打扮得十分漂亮,且栩栩如生。腿脚不便的同学选择了当小精灵,披着薄纱,扇着翅膀,真像要振翅高飞;小红帽戴着可爱的帽子,眼睛睁得大大,惊惶四周张望,似乎真的随时准备与狼斗智。

而,宴会厅门口的圣诞老人,尤为惹人怜爱。每个经过的人,都会停下来,握握他的手,年老的,还会摸摸他的脸,给他一个温馨的拥抱。他的皮肤很白,在灯光下泛着淡淡的玫瑰红;他个子很高,红色的圣诞服、长靴,很是玉树临风;他没有戴胡子,白雪般的卷曲假发垂在脖颈处,俊朗的五官美得有些不真实。他向过往的人分发糖果,用很好听的声音说,祝你圣诞快乐!

顾若注意到,圣诞老人的眼睛一直看着远方,很木很直。有些媒体记者在拍照摄影,闪光灯嚓嚓亮起,他没有任何反应。

徐和19岁,是一个盲人。

那个圣诞夜后,徐和住进了顾若心里。她无法忘记他俊美帅气的脸庞,无法忘记他白净的如玉般温润的皮肤,他在她的眼里,分明就是希腊神话里的太阳神,让她平淡的生活,忽然通体发亮。

每一个人都是好色的,再普通的女子,也有对美的渴望。

顾若更勤地往残障学院跑,从每周一次,到每周两次,三次。为了方便来回,顾若省吃俭用买了辆单车,这样,就不用担心错过最后一班公车,这样,就可以再多帮徐和洗一件衣服,喂他喝他喜欢的牛肉羹,和他多说一会儿话了。

做着这些的时候,顾若心里很快乐,但她仍旧是自卑沉默的,只有在徐和面前,她才敢放开自己,说很多的话。她告诉他,这座城下雪了,雪是纯白的颜色,像平时喝的牛奶,当然,也像圣诞老人的白胡子。徐和很沮丧,他说他长这么大,还没见过这两样东西是什么样子。

顾若充分调动自己的思维和想象,又说,颜色也是可以用来听和感知的。春天是绿色而动感的,像哗啦啦流动的畅快的小溪;夏天是红色的,火一样的炎热就像坐在烤炉旁;秋天是阳光的温度,暖暖的,撒在皮肤上,惬意舒适;而冬天呢,冬天纯白洁净,天使一样的颜色,轻盈地在天上飞。

徐和拉住顾若的手,说:"顾若,谢谢你,你就是我的天使。"

顾若不知所措,她觉得自己的白胖脸一定红成了她说的烤炉,她想抽出手来,但徐和却更紧地握着。

日月窗前走马,顾若依然胖,不起眼,但她觉得日子如风,十分快乐。第二年圣诞节转眼到了,顾若准备送徐和一棵圣诞树,那是她花了两个月的时间亲手做的。一尺高的树干上,是铁丝线细细缠绕的翠绿的松针状玻璃纸,那上面,挂满了纯白蕾丝做成的密密麻麻的99颗心。树的正面,顾若粘上了一双眼睛,那是她从照片上剪下来的,自己的一双眼睛。

顾若在上面写,我就是你的眼睛,这辈子,我要带着你,天涯海角走下去。她知道,徐和看不到这些,但她就是这样迫切地想要表达出自己的心愿。

那个圣诞夜,徐和还是扮圣诞老人。顾若站在操场的合欢树下，贪婪地一直望着他。除了眼睛的缺陷，徐和真是个美男子，如果自己和他站在一起，实在毫无般配可言。顾若想着这一切的时候，甚至有些小庆幸，真好，徐和的眼睛看不见，而自己，多么愿意照顾他一生。顾若想在这个圣诞夜——她和徐和认识整一周年的时候，向他说出爱的表白。

但是，没等顾若说话，徐和就兴奋地告诉顾若，他要去国外接受角膜移植手术了，他有个姑妈在美国，一直都在为他寻找合适的角膜，现在终于找到了，过完圣诞节他就要动身前去。

顾若还没听完，就开始颤抖起来，冬夜的风那么大，把她的眼泪都吹了出来。那眼泪，顺着她胖胖的脸庞无声地滴下来，一半是甜蜜，一半是忧伤。

"让我摸摸你的脸好吗？我真怕眼睛看见之后，会认不出你呢！"

顾若还愣神着，徐和的手就贴上来了，顾若大气也不敢出，狠狠把眼泪逼了回去。

"你的皮肤真好，很柔软。噢，你眉毛上有颗痣吗？我姑妈说眉心有痣的女孩子最漂亮了，你一定长得很美吧！"

顾若的眼泪又掉下来了，徐和紧张起来，张开双手欲抱顾若，顾若吓得后退了好几步。徐和很茫然地呆站在原处，讪讪说对不起，我太冲动了。

顾若从大衣里掏出已被她体温焐热的圣诞树，快速往徐和手里一塞，转身奔进无边无际的黑夜里，号啕大哭。

徐和走了，顾若连去送的勇气都没有提起，遥远的大洋彼岸，他频繁请人帮忙往顾若的邮箱里发信。他说他到了，一切都好，请顾若原谅他那天的失礼——他以为，那天顾若不去送他，是因为生气呢！他说，他的眼睛已经渐渐向好，他现在在姑妈的安排下边巩固治疗边修学，慢慢等待眼睛完全康复。

徐和不间断地发信，顾若从来不回，她甚至为自己的邮箱胡乱设了新的密码，期冀自己忘掉密码打不开，从此断了与徐和的联系。

顾若发疯地读书，四年里，她以双学位毕业，并考取了公务员，成为市政大院里一名年轻科员，她还是那么胖，典型的喝凉水就长膘。机关里工作，愈发穿得正统严肃，20多岁的小姑娘，看上去活像个四十岁妇女，但她已经不在意这些了，她觉得她的一生，就该在这样无边的平淡平庸中，混沌渡过。

徐和成了她心里最隐痛的角落，埋藏在柔软的心的深海，每次碰触，都会撕心裂肺一阵疼。生命中最初和最后的爱啊，顾若当然不甘心如此结尾，但也觉得，这也许就是最好的结局。能与他共度那些美好的时光，能让自己在徐和的心里永远保持住最佳形象，顾若觉得，这已经是她最大的幸福了。

天空又一次飘起了雪，顾若裹得像只熊，笨重地走在回家的路上。商场门口，人流如潮，大幅的海报下，笑容可掬的圣诞老人正热情地向过往的行人发糖果。又是一年的圣诞节了，顾若有恍如隔世的感觉，自从徐和走后，顾若已好久不过圣诞节了。

顾若快步走过去，圣诞老人却拦住她，塞过一把糖，说，祝你圣诞快乐。

很平常的一句话，让顾若的心狂跳起来。她犯迷糊一样地看圣诞老人的脸，当然，那不是徐和。盯看许久，顾若惊觉失态，连糖都没接，跌跌撞撞奔回家。

顾若坐在电脑前，手指不听使唤地又打开了邮箱。她以为自己已经忘记的那个密码，原来却在潜意识里，深深铭记。

徐和的信，铺天盖地的，把邮箱塞满，他在每一封信的末尾，都锲而不舍问："你为什么不和我联系呢？"他说他的眼睛完全好了，说他一直没办法忘记她，她银铃的笑声，她温柔的声音，她给他的所有的爱和帮助。

最新的一封信，徐和写道：

"我回来了,终于看到你送我的那棵圣诞树了。爱过一个人,就是种了一棵树在心底,顾若,你怎么可以忘记呢?

我一定要找回你,你是我遗失的另外一双眼睛。圣诞夜,我在残障学院等你,你不来,我就一直等下去。"

顾若看邮件的日期,竟然就是两天前。

风雪纷纷扬扬,顾若不顾一切冲了出去,她甚至连外套都没顾上拿。她不想重温什么,也不打算和徐和相认,但是能再看到徐和一眼,也是好的呀!顾若,她怎么能舍得不去呢。

从她的住处到残障学院,只有短短不到一公里的路程,这是顾若费了很多心思才找到的房子。曾经的回忆,其实她从来也不想远离。

熟悉的场景,熟悉的音乐,依然有精灵,依然有小红帽和花仙子。顾若站在院落的合欢树下,那是她的老地方,曾经在这棵树下,她走向了俊朗而无助的徐和,她爱了他,愿意为他付出所有,从不在意他是个盲人。

而现在,她同样在向他走去,雪落进脖子里,很快融成了水,凉丝丝流过脊背,顾若没有察觉。她终于看到了阔别五年的徐和,他长得更高了,也壮了一些,原来苍白而泛玫瑰色的脸,晒得有些黑,但显得更健康而诱人。自己鼓起极大勇气去爱的唯一的一个男子,炫目得让人无法直视。顾若按捺住咚咚的心跳,一步步向他走去,她想走过他的身边,再听他好听的声音说一句"圣诞快乐",然后就进场,从后门离开。

能再有一次这样的时刻,即便徐和没办法认出她,顾若也是觉得甜蜜的。

徐和在微笑,他看着顾若,双眼大而有神,炯炯直射进顾若的心里。只差一丈的距离,顾若觉得自己快坚持不住了,她软软的,有虚脱的感觉,只想躺下去,什么都不再想。

徐和就在这时奔上来,把顾若拥进怀里,他那么高,长长的手,环住胖胖的顾若，竟然还有宽余。他贴在顾若的耳边，说，感谢圣诞老人，终于让我找到你了。

顾若思维凝滞，说不出话来。这时，她看到精灵们拉着一面大喷绘出来了，那上面，是五年前那场圣诞晚会结束后，全体观礼者和演员的合影。她站在徐和的旁边，镜头定格的刹那，还在为他理身上的褶皱。胖胖的那个自己，被用金线边圈了出来，下面还写着一行字——顾若，你是我心中最美的女孩，徐和永远爱你。

突然满树的霓虹灯亮了，仿佛烟花盛开。赞美诗的音乐响了起来，让人的心变得澄澈。顾若泪流满面，她从那一天起，开始相信有上帝的存在。

/ 找一个人告别单身

在欲望横流的都市里,我们是对爱情没信心,还是对未来没信心?

周末，范歌琳睡到下午四点，才像个睡美人一样醒来，她随意踢掉薄毯，拢拢卷发，满意地看镜里自己白润的皮肤和轮廓很深的丹凤眼，然后就美美地笑了。窗外，夕阳将坠未坠，曛红了整个城市，连不远处的青山都像镀了金粉，绚烂多姿。范歌琳感觉通体舒畅，唇边笑意更深。一番涮洗后，她为自己泡了杯咖啡，黄昏在炭香的液体里，闪烁微光，范歌琳气定神闲，尽情享受这闲适的周末时光。

范歌琳，26岁，单身，一个人住着45平的单身公寓，恰到好处的空间和布局，装修上乘，格调也高雅，单是房间里的摆设细细碎碎就花去了六七万。但范歌琳不心疼，她认为赚钱就是为了让自己充分享受生活，直到烦腻，再去做人的妻，由另一个人负责自己的后半生。

范歌琳自己宠爱着自己，但这并不证明她是个没人爱的老姑娘，她聪颖漂亮又能干，年纪轻轻就坐上了德企部门经理的宝座。身后追求者无数，只是她一直认为自己没必要这么早停泊，未来会如何，谁也说不清，如果定了性，一辈子就翻身难了。范歌琳最经典的至理名言是这样说的：单身，意味着有更多的可能。

范歌琳曾有过一个男朋友，她自认最可心的一个。秦慕，一家网络公司的年轻老总，人长得斯文帅气，家境也好。有段时间，他总虔诚地候在范歌琳的楼下，等范歌琳花蝴蝶般翩跹飞来，然后就轻轻摇下车窗，现出俊朗的笑脸。煽情电影里的良辰美景，足足坚持了有半年。但当秦慕把10克拉的钻戒捧在掌心，香车豪宅全然备定，只待择吉时抱得美人归时，范歌琳却竖起了"免战牌"。对着秦慕俊朗的脸，她说，我还没做好准备，不如你再等等。

她没有确切问秦慕是否愿意等，也不介意他等或不等。在范歌琳固执的单身主义面前，爱情显然还没有立足的余地。

闺蜜李青对范歌琳的做法很不理解，这位有着长长秀发大大眼睛的女孩，和范歌琳的追求刚好相反，她渴望早日找到意中人，结束单身生涯，过举案齐眉的日子。但，她的渴望并非没有要求，自身的优势及眼界，注定了入她法眼的只有少少许，倨傲的审美之下，真命天子迟迟没有出现。喜欢单身的范歌琳，和积极寻找的李青，在寻找与等待中成了死党的单身女郎。

又一个周末联谊舞会，疯狂的舞过、喝过后，大家在酒吧里，讨论形而上的哲学现代派问题。范歌琳喝醉了，卷着被酒精麻透了的舌头，很经典地说了句，我就是我自己的哲学，我想怎么样就怎么样，谁也管不着。李青很安静地坐在一旁，笑容甜甜，半醉半醒的范歌琳注意到，李青的手被一个面容温和的男人握着。那个男人，前两次聚会就出现了，35岁，海归，事业重心在广州，但他说喜欢厦门，想在厦门落下脚，安一个家。范歌琳知道这男人符合李青的所想，她为李青感到高兴，但她又有些鄙夷，急于委身于一个男人，对一个青春正好的女子，是否有必要？

午夜，范歌琳跌跌撞撞一个人回家，黑暗的楼梯口，她忘了按感应灯，高跟鞋胡乱踩着，留下一串零乱的杂音，她还唱歌，胡乱填词：单身是很美的飞翔姿势，我在属于自己的天空下翱翔……忽然，杂音和歌声同时戛然而止，范歌琳从十几级的楼梯上摔了下来，她连惨叫都来不及发出一声，便晕了过去。最后的清醒里，她很清晰的想到一个问题，如果摔断了腿，是不是要远程召唤老妈来照料她的生活起居？

醒来时，她躺在医院的床上，臂膊上涂过幽蓝的药水，额上贴了薄薄的纱布，其他一切都安好。而坐在她枕畔的，是左手打着厚厚绷带的秦慕。

原来，自她给了秦慕遥遥无期的承诺后，白马王子依然天天来她的楼下等，只不过，时间换成了晚上，每每要看着她安全回到家，在屋里亮起灯，秦慕才会心安离去。这一次，他开着车窗，看范歌琳歪歪扭扭从明亮的广场走向楼道，明显醉得不轻。他赶紧下了车，奔到楼梯口，十级之上，她已经跌了下来，秦慕下意识用手去接……

结果，范歌琳只受了点皮外伤，久久沉睡，是因为酒的缘故。

而清醒的秦慕，因了那一接，左手骨折了，腰椎也有轻微的错位。

看着秦慕像刚下战场上的烈士吊着手，却依然满溢关切柔情的眼神，范歌琳忽然像小孩一样放声大哭起来。眼泪是侥幸于大事化小，还是为秦慕如此付出的感动，范歌琳想了半天，也没明白。

下班后去看秦慕，变成了范歌琳那段时间的功课，她怀着赎罪、感恩还有一点点喜欢的复杂心理，学着煲一些汤给秦慕送去。但当秦慕涎着脸，以右手不便为由让范歌琳喂时，她还是做得相当扭捏。

这一日，范歌琳再去时，见秦慕正坐在电脑前，用一只手很费劲地打字、移鼠标。范歌琳忽然觉得心里很难受，她放下汤盅，冲过去，三下五除二，帮秦慕回了积压多天的邮件，然后又开始掉泪说对不起。

秦慕没受伤的手揽着范歌琳的肩膀说，你讲这些做什么呢，我心甘情愿为你受过的，不觉得委屈。范歌琳没有回答。秦慕又说，歌琳，不要对婚姻没有信心。让我来照顾你，至少晚归时，喝醉酒时，我可以接你呀！

不是多么煽情的话，但对经历醉后惊魂的范歌琳而言，却有了感动的现实意义。范歌琳的心里暖烘烘的，她想，这样的交付，应该是可以很值得的，但她还是轻轻地说，我再想想吧！

李青再来找范歌琳，大概是两个月以后的事情，她一坐下就哭，怎么也劝不住。

原来她爱上的那个海归是二婚，还有个3岁的女儿，孩子随了妈，但孩子和前妻都是存在的。这桩曾经存在的婚姻成了一个弯，李青绕不过去。

海归是爱李青的，事无巨细，都以她为中心。因为担心李青不愿屈就，所以才善意隐瞒了自己离婚的事情。李青也是爱着的，那个男人符合了她心里所有对爱情和婚姻的想象。但是，她懊恼的是，自己那么纯白美好的青春啊，眼巴巴等着一场宿世良缘，等来的，却是一个有了前科的男人。她觉得委屈，委屈里的爱，自然也是茫然和轻飘的。她说服不了爱，也说服不了自己，只能僵持着站在原处,不进攻,也不后退,沉默不语。海归无法,只能黯然回了广州。

范歌琳听着,不知如何劝。她自己的事,也还一团乱麻着。一个认为青春苦短,需得要豪情万丈,放歌纵酒,才不会在漫长的婚姻里遗憾;另一个,只是要求有一个人配得上自己明明白白的青春。其实都是心结,但心结都得由自己解,别人伸手也帮不了,所以很难。

夏天到了,秦慕的伤完全好了,范歌琳没有再天天去看他,但每次晚归,她都下意识去看东南角的停车场,是否泊有他那辆拉风的宝马车。

车不在,秦慕没有继续执着守候美人夜归。范歌琳的心里不免失落,女人即便不爱一个男人,也是希望那个人能无条件娇宠着自己,给自己最好的爱,让自己在受伤时可以停泊一下。这是大多数女人的共性,范歌琳无法避免,况且,她对秦慕,也并非完全没有爱意。

和李青去买夏装,那么多柔和甜美的颜色,也没能让李青的脸色亮起来,她站在照衣镜前,眼神空洞,似乎望进了镜子的内里。李青说,海归回来了,就住在喜来登,打了好几个电话约见面了。可是,我等了这么久,却还是没法爱得完整,我不甘心。

范歌琳这次很明确地说,爱情有时需要折中,能遇到一个对自己好的人,多不容易。

这话一说出来,范歌琳自己都吓了一跳,遇到一个对自己好的人不容易,那自己为何还要一次次拒秦慕于千里之外?

李青定定看着范歌琳,她的话让她意外,也让她的心为之所动。

那夜,她俩在嘉禾来雅分手的时候,李青对范歌琳说,晚上我会最后想想,做个选择。

是的,一个晚上,让自己和自己做个PK,也是需要的。范歌琳看着李青走过天桥,去对面拦回集美的出租车,风鼓起她薄薄的风衣,暮春了,夜里却还是有乍暖还寒的凉意。

李青出事了，昨夜她在家对面的街角下了车，然后过车流繁杂的同集路，她也许有过恍惚的一刻，她也许还在想着她的选择，就是在这时，一辆疾驰而来的货车将她撞飞，足有七八米远，120来的时候，那个叫李青的妙龄女子，已经没有了任何的生命迹象。

　　范歌琳听到消息时冷汗淋漓，浑身上下似有无数小虫啃噬。那个执着等爱的女孩，她就要给爱一个答案了。她昨晚还拉着范歌琳的手，说我是爱的，只是觉得不甘而已。范歌琳猜她的答案一定是妥协，她那么喜欢结婚，和一个她所爱的人。但现在，这一切成了谜，姣好的女孩，和她美好的青春，都在一个瞬间，成了轻烟一缕。

　　意外和死亡每天都在发生，但事情出在亲近的人身上，就显得特别的让人恐惧。

　　范歌琳在悲伤里沉寂，再不在暗夜时出门狂欢。她窝在家，四面墙壁的小套房，没有一点声音，没有一张面孔，只有室人的死寂。她浅浅睡过去，不消一会，就做噩梦，梦见被四面墙壁挤压，不能呼吸，几乎死去。醒来后，她再也不敢闭眼，第一次感觉独处那般可怕和恐怖。

　　她突然有了某种恐慌，会不会有一天，她也在意外中死去，想要更好的想法，从此再无实现的可能。虽然她现在才27岁，但人生时时和意外擦肩，说不定哪天就终结了。那么，还需要那么多的笙歌美酒做什么，还需要那么多的犹豫和计较做什么。微笑时，全世界可以陪着你微笑，悲伤时，至少还要一个人陪着你悲伤。

　　世事无常，人生苦短，真的必须在美好的年华里好好相爱呢！

　　范歌琳扑过去，从茶几上抓起手机给秦慕打电话，悦耳的《两只蝴蝶》的彩铃，竟然是在门外响起，接着急骤的敲门声也响了起来。原来，自手伤痊愈后，秦慕又开始了守候，只是这几次，他把车泊到了地下车库，却把人移到了楼梯口，他想为范歌琳提供更即时和妥当的保护，一次次地小心等候着。

　　范歌琳赤着脚，奔过去，拉开门。这次，她没有犹豫，一头就扑进了秦慕洋溢暖暖爱意的怀里。

/ 找一个人告别单身 | 143

/ 与春天结缘

终究只能独自,
行过堤岸。
随意插一枝柳,
任它飞絮或者染衣,
半雨半烟,
等待与春天结缘!

早知道踏春是以这样的形式，傅施料想自己不会来。

公司最初商量的方案是去踏青野炊，承办单位提议不如搞个"拓展训练营"。拓展就拓展吧，以为无非是闹着玩，谁知道地点是在大山里的一个训练场，第一环节便要求绕场跑三圈，然后又搞俯卧撑、原地蹦跳，比军训还折腾人。终于熬到中午，傅施整个人都瘫在了椅子上，她想，自己真的是老了！

傅施其实刚满30岁，人长得娇小，看起来比实际年龄还小许多。但年龄有时来自心理暗示，不幸福的婚姻，让傅施觉得，心在狭缝里生存，过1年像老5岁。她和老公是青梅竹马，从小一起长大，又双双考上名牌大学，飞出穷山沟，成了凤凰鸟，顺理成章结了亲。村庄里的人一直把他俩当成楷模，村志还载入在册。

离婚，让傅施觉得没面子，老公兴许有同感，冷战归冷战，逢年过节回乡都不约而同扮恩爱。傅施后来也不去想这事了，她搬到了公司的宿舍，全身心投入工作，两年时间当上了部门经理。

傅施正敲着胆经，胡乱想着事。孙大春跑过来了，他额上淌着汗，端正的五官全都闪闪发亮。21岁的新员工，帅气俊朗，青春纯白，爱说爱笑的个性，很多事情都冲在头阵，抢着说我来我来。因为专业过硬，做事还不错，傅施挺欣赏他，平时没少给予照顾。而此时，他笑嘻嘻弯下腰，捏着傅施的肩膀说，傅姐，我学过推拿呢。

他用劲均匀，恰到好处。傅舒觉得自己一点一点舒缓起来，像阳光下渐次蓬松的棉。

哟，小伙子挺会心疼人的。业务处的人走过去，打趣了这么一句。

玻璃桌面印出孙大春高挑的个子，棱角分明的侧脸，分明是个已经长开的男人。而此时，他的手正垂在傅施瘦瘦的肩上，不时与她内衣的带子亲密接触。傅舒的心狂跳起来，她极快地起身，说谢谢。却看到孙大春正盯着她的脸，眼睛里有燃烧的情绪。窗外，满山的红杜鹃也正开成了燃烧的态势,灿烂若霞。

春天,理应是花开的季节。

第二天,大多是室内的培训,讲些企业文化和团队协作的理论,没有太过剧烈的运动。傅施觉得这很好,记着笔记,闻着山里的草香,心旷神怡。

中午,按要求吃所谓的"天堂饭",这也是训练的环节之一,要体现互助互爱。10个人围一桌,每个人都不能自给自足,而是要给左边的邻座喂饭,以此类推,全程不能说话,全凭默契进行。傅施左边是一个同部门的小女孩,喂她饭没什么问题。但傅施的右边是孙大春,这似乎有些别扭。傅施要求换位,孙大春说,求你,我好不容易才抢了这个位置呢!

傅施心软了,再坚持换,似乎不近情理。

孙大春喜滋滋,先打一碗汤,一勺勺喂过来。接着,他剥虾,抽泥肠,用筷子夹着,蘸一点醋,然后才递过来。

傅施心动了一下,她喜欢吃虾蘸醋,孙大春竟然知道。她不喜欢鸭肉鸡肉,孙大春竟然一块也没有夹过来。她看着他一本正经为自己服务,忽然想起和老公初婚的那段岁月。不是一开始就冷漠的,恩爱的时候也曾你侬我侬,没命一样地说我爱你。只是恩爱往往命短,它不会跟着婚姻终老,厌了倦了时,情比纸薄。傅施觉得悲哀,忍不住无声冷笑。孙大春夹着一头虾,莫名其妙看着她,圆圆的眼,大大地睁着,纯净而滑稽。

傅施被逗笑了,她的心,竟也一点点朗润起来。除了血缘,爱从来不会是永续的,但是,一环的爱断了,总有另外一环会接上来,正如春日,一季季的花开败,明年还会一朵朵开起来。那么,如果固守着已经坏掉的爱,是不是就看不到了人生更多的精彩?

下午训练团队协作,孙大春拉了傅施和另外两位同事一起组成"创想队",要画队徽、做队旗、想口号。任队长的孙大春积极地奔忙着,勃发的青春热情鼓舞着每个人。傅施魂不守舍,目光一直追随着孙大春,偶尔与孙大春眼神相撞,却又尴尬,急急收回来,淡淡讪笑。这和平日的她,明显反常。

无怪乎有"思春"一词,无怪乎有精神宿疾的人,都会在年年桃花开时犯痴。春天原来是有情绪的。

第三日,起了雾,气压很低,人感觉不舒服。而这一早的训练项目是"信任背摔",约两米高的台,人要站上去,蒙了眼,手在胸前用一块长绸反绑着。随着教练的口哨声,上半身后仰,直直摔下来。当然,下面有两列男生并排用手臂组成接应人床。恐高的傅施开始淌冷汗,她想起电影里看过的场面,主人公以仰面朝天的方式摔下山谷,凌迟的慢镜头,叉开的四肢和惊恐的嘴脸,终于随着重重一声,血肉模糊。

还在胡思乱想着,所有经理级干部都已全部上阵,只剩下一个傅施。她硬着头皮,怎么上了台,怎么被推着倒下来,一概浑浑噩噩。只记得她倒下来后,天地都变了颜色,她除了有保住性命的这一念想,其他统统不再重要。台下负责接应的人例行公事扶她站定,便作鸟兽散开,只有孙大春留下来帮她解手上的长绸。傅施觉得自己的头越来越重,半垂在孙大春肩上。小男子汉勃发的气息,让她更觉晕眩,她软软躺下去,瘫在孙大春怀里。潜意识里,满地的春草飘着香,一丝一缕直冲鼻翼。

傅施在房间里躺了一下午,直至晚上才起。空旷的草坪上,她慢慢走着,望着山,一个人散漫地想些事情。孙大春抱了件迷彩服过来,不由分说便套到了她身上,说山里温度低呢,别感冒了。

傅施心里不可抑止地有某些情绪鼓胀起来,一时不知如何开口言,只得笑。

孙大春竟又说,你笑什么,我是认真的。

傅施有了落泪的感觉,这滚滚红尘,利来欲往,能对你认真的,还有几人?彼时,半弦月挂在清雅的春夜,空气里满是桂花的清香。小小的山谷,万籁俱寂,悄无人影,而山下的万家灯火,那么遥远温馨着,让人向往。

春天这般的让人脆弱善感,是不是因为相遇太美!

傅施终于开口,和孙大春讲她的前尘往事。这些事情,傅施藏着掖着,除了自己,连最亲的父母都没讲过。但在这样一个怡人的春夜,面对的这样的一个孙大春,傅施掏心掏肺,像要把积压许久的沉疴,一下子,全部宿清。

孙大春听着,不时发表着意见。他劝傅施赶紧离婚,说青春苦短,来不得半点委屈。他还说,你离了,我才有机会。孙大春直白到露骨,却让傅施有了恍然警醒的感觉,这是他们这一代的表达方式,简单、坦率、敢爱敢恨。年轻的爱,像急潮涌来,来得快,去得也快,进退自如,根本没有她们这代人的深思熟虑和瞻前顾后。而她对他,虽然不是没有一点喜欢的,但喜欢是喜欢,和爱还隔着千山万水。傅施已经30岁了,12年一个轮回,他们之间,时光如电,岁月汹涌,横亘着太多痕迹。

春天,总是要过去的。所有的情绪都得归于平静,正如来年春日开的花,一定也不是此年的这一朵吧!

孙大春半蹲着直视着傅施,眼神炽热,像燃着两团火。他的唇,饱满而红润,和傅施只隔一寸的距离。傅施瞬间冷静,她直起身,拍拍孙大春的肩,说,小孙,谢谢你陪我,听我唠叨这么多啊!

孙大春不明白傅施为何忽然冷却,他赌气扭头不接腔。待他再抬起头,傅施已经起身向落宿的小木屋走远了。

三天的拓展集训结束,一车人兴奋得像重回人间。曾经说要归隐的,说厌倦都市的,说只恋乡下的,统统鬼话。没有了电脑,没有了网络,一伙人儿,到了晚上只能凑趣打八十分,寂寥乏味,像离开水的鱼。

傅施坐在靠窗的位置,塞着一对耳机听越剧,那里面咿咿呀呀唱的,是前朝女子的情比金坚。孙大春坐下来,抢过一个耳机,认真听了一会儿说,戏原来挺好听,以前竟不觉得。傅施答,人的喜好也是会变化的，何况你还小，还没定性。孙大春不服气，故意向傅施更靠过来一些，争辩说，我哪里小了，肩膀都比你高出一个拳了。

　　车子已经捌进了厂区，慢慢减速，向着宿舍楼的方向驶去。孙大春忽然跳下车，大声喊道，老妈，你真的来看我啊！傅施望过去，一个烫着小卷的保养得很好的中年妇人，正朝着车小跑过来。她满脸含着笑，为孙大春理衣襟、拍裤上的浮尘、整额前的乱发，似乎这个儿子只有十岁，春游远足刚刚归来。而孙大春也极快乐，不知跟他妈妈说着什么，兴奋得满脸泛红。

　　到底是个孩子。傅施笑着下了车，走过去，孙大春正要介绍，傅施已抢先打了招呼，大姐，您来看小孙了啊！这孩子经常念叨您呢！

　　孙大春妈妈赔着笑说，孩子前几天打电话，说今天集训结束呢，我这不有空，就来看看。

　　孙大春噎得无言，傅施已道别，说，你们慢慢聊，我还有事！

　　彼时，春和景明，春天正在花圃、花坛、绿化带里生机勃发，一片花红柳绿。阳光很好，傅施绕行操场，站在煦暖的春光下，给老公发短信，她说，"离婚吧，不要再彼此耽误了。"

　　傅施重重呼出一口气，松垮垮半坐在草地上，她用手机写微博，一个字一个字很郑重地拼写着。

　　她写道，只要放下心结，怎会没有机会？沿着这条撒满春光的路走下去，我，一定可以相遇另一个春意盎然的明天！

/ 你的名字

每个人都有许多新的一天,但,有些事物可以醒来,有些事物,永远醒不来。

冷意顺着墙上一大排自己的名字漫过来，这是程远风的房间。谈天感觉全身的毛孔都竖了起来，墙面上，隶书的谈天，楷书的谈天，行草的谈天，这两个字拘囿在田字格里，浓而饱满的墨迹，穿梭过岁月尘埃，触目，惊心。

程远风的妈妈倚门站在门外，满头白发，眉眼低垂。她的眼睛有点金鱼泡，目光像刚从冬眠中醒来，她说，"小风生病那段时间，天天练毛笔字。以前人还在的时候，我老说他，现在他不在了，倒觉得是个念想。"她说得淡定，像是在说别人的事。时间打磨一个人的钝感，却让初次听到这个消息的谈天，打了个寒战。

最后一次见到程远风，是在莲花公园旁的马路上，他站在高高的台阶的最上面一层，看着谈天和她的前男友并肩走过。其实，和前男友只是偶遇，谈天和他说着原来认识的一个朋友的事，笑语喧哗，走出去一小段了，却潜意识地忽然回头，就这样看见了站在高处的程远风。从低往上看，他的五官很立体，戴着金丝眼镜，笑起来会微微弯的眼，那一刻像是寂寞的夜空。

秋天的黄昏，仿佛一下子就暗了，谈天极快收回头，连招呼都来不及打，也不知如何解释，他误会就误会了吧，这样走得可以更心安。

只是，当时她怎么没有意识到，这是他们在尘世的最后一面。

秋阳燥，空气中像安了一台抽水机，谈天趁着工作的空档喷保湿水，微眯上眼，用手轻拍，享受难得的片刻放松。睁开眼时，办公桌对面站了个男士，正饶有兴趣地看着自己。

程远风仿佛从天而降，这位集团派来的部门主管，毕业于上海交大，曾经作为交换生去台湾东吴大学，有才学有情趣，这是大家私下的赞誉。但，谈天不喜，她觉得自己想要升职的心，一下子就被伤了，对他说话，免不了都是刀枪剑戟。

自从失恋，谈天变了一个人，冷淡克制，所有的心思都用在了工作上，她表现出彩，长期KPI名列榜首，代主管履行一切职责，却不想，来了这样一个优秀的对手。

程远风不苟言笑，公事公办时十分凌厉，有一回项目总的亲信在会上玩游戏，他拿起笔记本啪一声似法官的惊堂木大力敲桌："年底的呆账，得找个有能力的人去讨一讨，李勇，就你了！"那位爷吓一跳，赶忙坐正，连声说是。

可是，他对谈天明明是另眼相待。开会时，对她各种刻意的冷言总是化于无形，连别人都听出谈天的情绪，但程远风没有发作。他不急不缓，不慌不忙，喜怒并不形于色，惹得一堆女孩常在茶水室拿他当谈资。

公司季末的奖励总是很人性，比如送些电影券餐券之类，这是很早以前就形成的惯例。谈天先去吃了回转寿司，然后才去看《疯狂动物城》，灯熄片始，她很快进入角色，剧中励志的兔子茱迪仿佛是谈天的写照，从小镇到都市，追梦前行，一心只望实现理想，得一有心人。最后，茱迪爱情事业双丰收，剧外的谈天不免一番唏嘘，灯亮起时，她忽然发现左侧位置坐着的人，是程远风。

散场，人流嘈杂，程远风若即若离环起双手保护着谈天，怕别人挤到她。谈天却极尴尬，急慌慌往前快走，忽然被脚下的地毯绊倒，整个人差点撞到阶梯上，程远风一把将她揽进怀里。

众目睽睽，苗条的谈天，被高大的程远风抱在胸前，可以清楚听到他有力的心跳，真恨不得有个地缝钻进去，一时不知如何排解，涨红脸的谈天竟扬起手打了程远风一巴掌。看到他脸色大变就愣住了，她以为他会躲开的，却没有。傻站在那里看着他，手有些发抖，旁边围满了看热闹的人，程远风走过来突然拉住谈天的手说："个子小小力气还挺大，不生气了，我们走吧。"

谈天头脑一片空白，素日的聪慧荡然无存，任由程远风半揽着她去停车场,并送她回家。

临分别,程远风说,你不要总是像只刺猬,我对你并无恶意,只是觉得……相见恨晚。

相见恨晚?谈天根本不信。爱情表白,不是应该在一个月朗星稀的夏夜吗?最好背依远山,面朝大海,风吹鼓浪,长发飘飘,一颗心飞快跳如小鹿轻撞。这样的场合,真是不适。

加班到很晚才回家,锅冷灶空,连灯都没有亮,孤单真是十大酷刑之首,想起一年前的温馨场景,谈天有些愣神,他走了,却留下一地爱的狼藉。

累极,不想点餐,窝在沙发上小盹。突然电话响起,老总在那端冷冷问,你最近是怎么了,数据都弄错了,幸亏傅总检查出来。谈天刚想辩解这本来就是营销口的事情,对方叹一声挂了。一会儿电话又响,竟然是程远风,听到他的声音,谈天哭了,他也没说什么,只是说知道事情的对错,叫她不要伤心不要放在心上之类。最后她哭累睡着了,半夜醒来,电话竟然没挂,她尝试喂了一声,程远风竟然响应了,半夜静寂,谈天惊讶得像看鬼片。他在那头淡淡说,我怕你半夜醒了又委屈,就陪下你。飘窗外,花影摇曳,天气转冷,谈天萧瑟许久的心,忽然沁出些些暖意。

第二日,谈天在会议室碰到程远风,眼神忽然柔软。

程远风看着她,说:"你今天精神不好,等下开完会,免不了要和丹东的客户喝酒,你应付片刻就回去休息。"那日,谈天会上讲的话几乎都配合程远风,策略怎么定,目标客群如何盯,广告的主题要讲个什么故事。他们珠联璧合,相得益彰,客户很是满意,盛赞道,有你们这对金童玉女真是福气。

顺理成章被拉下来吃饭,谈天不胜酒力,两杯就醉倒,客户再来敬酒,程远风一应挡掉,挡不开的他自己接过,一仰脖喝净。

客户笑问:"小程看起来很心疼小谈,你们是男女朋友吗?"

程远风把谈天安顿到沙发上,脱下外套盖在她身上,答:"我起初只认识她的名字，谈天说地，真是有趣。第一眼看到她时，只觉得其余人与声，光与影都消失了，我知道是她。"

酒醉心头定，谈天倚在沙发上，听到程远风讲的这些话，也想起了自己的前男友。起初，爱最炽热，他们会说各种蚀骨的情话，送花送糖送礼物，三更半夜不知疲倦只想陪你聊天，开车百余公里，相见亦无事，愿意随时为你拨时间，半跪在地上给你绑鞋带。可是，美好的恋情，最敌不过时光，相爱时没命似的说爱你，不爱也就是一转头的事，连为了什么事都不知道。少女一片真心被深深伤害，谈天觉得自己从此对爱情免疫了！

程远风开始给谈天送花送礼物并送她回家，有时在她近郊的小蜗居给她修这修那，有时也带她回他在岛内的家，为她做一餐饭。

就这样淡淡的，竟也过了一年，谈天不想为这份感情定性，挖肉补疮，若不得善终，只能痛上加痛。

程远风一个人，住着面积宽大的房子，L型的露台，26层的高处，对牢大海，摆一张精致小茶几，两合奶蜜色的藤编椅，清爽的饭菜，阳光下喷香。谈天说，"良辰美景，大概形容的也就是这般模样。"

程远风笑起来。

谈天看着他："你笑起来真好看，像换了一个人，我几乎不认得你。"

程远风忽然说："我父亲在我出生不久就去了越南，做生意，后来就娶了那边的女子，他寄回来很多钱，母亲雇保姆照顾我，自己整天打麻将，排解心里的苦。"短短几句话，道尽心酸，谈天有些恻然，回过头的时候，程远风的下巴正好抵在自己额角，她有些慌乱，又急急回头。

程远风拥过她，说："父亲老了，时日不多，他现在孤身一人，手头财富尽被瓜分，仅剩一间橡胶厂，他希望我可以去帮他。谈天，你会跟我一起去吗？"

去越南，能干吗呢？谈天摇摇头，二十年寒窗，拿到研究生文凭，谈天不打算背井离乡只为了一个男人，不甘心，也不放心。

谈天歪着头，声音却有些不好气："开始时都是美好，但炽热会退，感情会淡，人都会变，届时我从头再来，不管能不能回头，都很不堪。"

电话忽然响，程远风走进屋去接，谈天退出来。海边十五夜，一轮圆月，澄静洒清辉，真是妙不可言，人生总因难得而惊艳，若日日如此，料想早早厌透。谈天深深呼出一口气，叫了车回家，程远风并未追来。

回到小蜗居，谈天开了一瓶红酒，自己独饮。微醺时倒在小床上，思维涣散。这数年，她一直是自己的主人，直至失恋，遍体鳞伤。用了很长一段时间自疗，现在仿似刚刚找回往日笃定，实在不想再度迷失。

第二日，在办公室，程远风进来，雪白衬衫，脸色沉着。在公司，他们说话维持一米以上距离，彼此都不愿露出蛛丝马迹，可是，眼神会败露，全公司上下连保洁都知道他们亲近。

程远风把一只信封放在桌上，"机票。"

谈天没有说话。

程远风很慢地启齿，似乎是在字斟句酌，"我想，或许你会回心转意，我需要顾及那千分之一的机会。"

谈天仍然缄默！程远风转身离去。

浮躁现世，谁会在车水马龙的世界里，每天24小时守着对方的日月星辰，然后从你的全世界路过？真的不会。程远风走后，如同一只断了线的风筝，连偶尔的问候都显得难能可贵。谈天很是庆幸自己的判断，庆幸自己当时没有因为一点动心而不管不顾，爱情这种间歇性情感，她根本是不想再碰了，用一小段时间的开心换长长的痛苦，真是不值。谈天也刻意保持着距离，后来就真的不再联系。而事实上，谈天根本也无暇他顾，她坐上了程远风的位置，一年有一半时间在外面跑，年末的时候，新公司组建，她被派驻去东北，在冰天雪地的零下30几度里独撑一片天，一待又是一年半。

丹东客户来访，忽然问，小程最近身体怎么样，我去年打过一次电话给他，他说在医院化疗，年纪轻轻，也没抽烟，怎么会是肺癌？

谈天手里的筷子忽然就掉到了地上，拨程远风的电话，忙音一串……

此时，陪着程妈妈在露台静坐，傍晚的海，睡过去一般，夕照点点投掷在脸上，程妈妈不说话，像一尊雕塑。谈天想起当年的良辰美景，想起他说相见恨晚，他恳请她一起去越南，他一人养病疗伤，她留给他最后的背影是和一个男人。谈天以为自己是高知白骨精，选择放弃代表永远不会受伤，看似真的高明，却没想过浩瀚人海，彼此丢失，再见这样难。他的好都在眼前，而人，却已经不在了。

程家的凸窗上种着许多姜兰，香味染在身上历久不散，像一场旧梦。海边，夕阳的光线像是被风吹散一般迅速消失，正如同再也回不去的时光。那感觉，是一个时代，最后的终结。

与程妈妈告别，她说："小姐，你好像很喜欢那些毛笔字，改天再来看！"

谈天点点头。

程妈妈又说："小姐，你能告诉我那两个字，写的什么吗？"

谈天落荒而逃，电梯门关上的刹那，忽然泪如雨下。

/ 双鱼岛之恋

迷失的人迷失了，
相逢的人会再相逢！

黄昏，夕阳还在天边角，陈紫欣站在售楼处2楼的落地窗前，无遮无拦收双鱼岛的全貌入眼。这个填海造岛工程气势宏大，总投入达30多亿。此刻，霞彩满天，双鱼环抱的圆形在夕照下闪闪发光，衬得双鱼岛上空的云朵好像也镶着了金边。

"陈经理，有人找。"陈紫欣下意识转过头，心忽然怦怦地跳了起来，余青站在三米外，紧身黑西装黑西裤，配一件立领黑衬衫，英气如昔的脸，目似朗星。眯起眼睛，看他慢慢走过来，陈紫欣脸红心跳，惊疑是时光倒流，从小学到中学，那个穿黑衣的少年就是这样，夜夜等在校门外，有时坐在草垛上，有时站在围墙畔，见她出校门，他便在黑暗中慢慢地反剪手走过来，背过她肩上的书包，然后送她回家。乡下的星夜，静极，要走到村口，才能听到海在不远处的浪涌声。陈紫欣那时候就把余青当成了一辈子的守护神，他走她也走，他停她也停，却不知有一天跟丢了，再也找不回来。

"紫欣，你还好吗？"余青的声音低低的，半点没有地瓜腔的普通话，仿佛他从来不属于这里。

"托福，大设计师帮我们设计了双鱼岛，创造了更多工作机会呢！"陈紫欣努力想让自己变得轻松，喉头不知为何却有些满！

10年前，那个叫打石坑的村庄，当时还没有开发建设，朴素的村落，和当时的许多村庄并无不同。陈紫欣和余青两家离得很近，陈家父母都是老师，余青的爸爸是村里的支书。大学毕业的时候，父母开始帮他俩张罗出国。两个年轻人也计划着，一个人学设计一个人学语言，学成归来就筹划结婚。门当户对两小无猜，未来仿佛没有任何悬念

陈紫欣永远记得2002年6月3日，他们把什么都考过了，开始办手续，目的地选在加拿大。在当时的村庄里，出国还是大事，签证也很不容易，余青的父母还找了在厦门外事部门工作的亲戚帮忙，事情顺利推进，出国就在眼前。那一天没有任何征兆，陈

紫欣带余青出去拜会同学，回来的路上，一辆农用车失控冲过来，余青赶紧把陈紫欣往路边推。而最后的结果却是，陈紫欣掉到了暗沟里，伤到胸椎，躺在床上不能动弹，被车正向撞倒的余青却仅受一点轻伤。这是老天对余青的眷待，也是对他们爱情的考验。陈紫欣以为余青会留下来等她，但他很快出了国，如同人间蒸发一般。陈紫欣慢慢在家乡养病，病好后也不上学了，很快嫁给了一个不相干的外地人。

再见余青，他已是个声名鹊起的设计师，双鱼岛在他们团队的策划设计下，正是一派欣欣向荣景象，陆岛大桥包括岛上的外环线已经通车，市政配套也在陆续跟进。家乡发生了巨变，沧海已成桑田。

发生巨变的还有陈紫欣的生活。余青每天必过来售楼处报到，去厦门办事时还会带KFC全家桶回来慰劳售楼处的小妹。做销售的妹子，眼尖舌毒，开什么车穿什么衣鞋子什么牌，都是她们识人的砝码。在她们的语境里，年收入20万以下为三级，二级50万，一级100万。余青穿戴不俗，座驾是大众辉腾4.2的奢享版，市价至少150万，他住在华商酒店的VIP房里，一年下来也是费用不菲。她们一致认为这个男人是一级中的战斗机，却不知紫欣姐为何不动声色？

对于余青，陈紫欣是平和的，不逢迎不拒绝。你来，我以礼相待，你去，我亦不伤怀。聊天时余青大多说些读书时的事，紫欣有次忘带语文书，被老师说了几句哭一下午，紫欣有次从食堂包菜里吃出虫子，吓得当场哇哇大叫。陈紫欣早已忘了自己还曾是个一点委屈都受不得的娇娇女，她只记得高中三年在另外一个镇上读书，每周坐余青的自行车去学校，颠颠簸簸的泥石路，难免要去扶他的腰，他那时候真瘦，身板单薄，现如今英气挺拔，已是个成熟有味的男人。

黄金海岸项目开盘的时候，余青说，紫欣，帮我选套房子吧，落叶归根，老了之后我还是想死在这里的。他说这话的时候，双目炯炯望着陈紫欣。紫欣的心，微微牵痛，他们已荒废十数年，时近40，老之将至，岁月真真不饶人。

样板房里，余青每看一处都要说，紫欣，厅带露台，可以种花种草，你觉得呢；紫欣，这卧室很大，电视都可以挂在这里，你说好不好。陈紫欣不答，自顾站在窗前，看着海中间双鱼环抱的岛屿一点点有了美丽的模样。背后忽然有人轻轻环住了她的腰，余青的声音轻飘飘的，像呓语："紫欣，我不知道当时自己为什么会那样，我尝试联系过你的，但听说你已经结婚了。"说着，余青把头抵在陈紫欣的右肩，用下巴轻轻摩挲着她小小的耳垂。

海水正在涨潮，陈紫欣的心也被无名的风吹得鼓胀，其实她并未真正去怪过余青，也许换了自己也会做那样的选择。2002年，出国还是个稀罕事，家里面都置办好了一切，亲朋好友也都知道了，忽然说不去了真不是易事。可是，道理都懂，心里却有一个坎，那么长的青梅竹马，那么多的山盟海誓，为何比不上一张小小的绿卡？

周一客户少，陈紫欣决定去趟老爸家，刚到楼下，余青的电话就来了，他说："去看陈叔竟不叫我。"

"想着你周一开项目会，比较忙。"

"不忙你就会叫我去吗？"余青轻叹口气又说："紫欣，我等你带我去见你爸爸，很久了。"

电话两端都是沉默，过许久，陈紫欣说："那来吧，我爸现住在安置地……"

话未说完，余青就说道："我知道地方，你等我。"

余青给陈父带来了美国进口的降三高药物和一个大屏老人手机，他竟然知道父亲有高血压，老人手机想必也是早就准备好的，陈紫欣有些诧异有些感动。站在阳台收衣服，间或听余青和父亲说关于双鱼岛的一些构想,"如何实现发展与自然保护的平衡,这是我们一开始便思考的问题。竞标的时候,我们公司就是想在海中间填成一个圆,让海水从边上过,经过环评和物模实验论证,这样做是可行的,也更有利于海洋的保护。"父亲喝着茶,频频点头,他说自己很喜欢"双鱼岛"这个名字,体现了地域特色,像两条海豚在海中嬉戏,也很延续中华民族的文化精髓。父亲原来是中学语文老师,文化造诣颇高,说起这些人文历史来头头是道。陈紫欣插不上嘴,坐在旁边听他们聊着共同的话题,但她注意到,自从她离婚后,父亲已许久不曾这样笑过。

清晨,电话响,是余青,"紫欣,你穿上衣服到楼下来,慢慢地,听我说,陈叔生病了,我在医院里陪他,神州专车在楼下,你现在就到海沧二院来。"

原来,父亲突发脑溢血,一时之间手脚全麻,所幸有余青送的老人机,一键就拨通了他的号码,他火速开车赶来,又狂飙飞快送他赶到海沧二院,医生说再晚一步,颅内出血,可能连命都保不住。

病床上的父亲,身上插满各种各样的管子,陈紫欣的泪止不住地滚滚而下。父亲曾经是校长,村里有名的才子,骄傲了大半辈子,还培养出一名优秀的女儿。可是,造化弄人,当锦绣前程次第铺开的时候,女儿忽然无法出国并辍学了,父亲并不逼迫,他只说好好养着,人生的路很长;当女儿遇人不淑,遭遇家暴时,他将自己唯一的一套拆迁安置房给了陈紫欣的前夫,换来女儿自由身。从那后,他们开始租房住,但他对女儿说,"紫欣,你别怕,有爸爸在呢!"

如今,这个爸爸老了,凄惶地躺在床上,任清早来查房的医生把各种仪器放在他身上,瘦弱成了一只任人摆弄的布偶。满病房人头晃动,医生护士同病房的亲属,陈紫欣手足无措地一会儿被挤在他们中间,一会儿又挤到角落,不知不觉地,她在一个人的怀抱里了，温暖有力的怀抱，宽阔的胸膛，纯黑的衬衫，紫欣的泪一滴滴往下流，那人并不说什么，只是紧紧地拥抱着她，给予她柔和妥帖的爱的依靠。

暮春的傍晚，陈紫欣打开了餐厅两扇高高的花棂窗，凉爽的小晚风吹进来，花香与酒香随着音乐静静地流动着。无论有多少压力和惆怅在这座新港城里酝酿发酵，此时此地，如此温馨的气氛，会挑起人回忆起年少时纯洁可爱的情感，甜美的场面在眼前慢慢浮现，陈紫欣有些醉了。

父亲痊愈出院了，住院的一个多月时间，陈紫欣忙着开盘，是余青鞍前马后细心照料，连医生都说这样的儿子真是难找呢！此刻，爷儿俩在厨房里忙活，大厨余青正往炒锅里放菜，打下手的父亲递着鸡精和酱油。这样俗常的烟火生活是陈紫欣所热望的，她觉得自己缺席这样有温度的生活，已经许久许久。

饭桌上，陈父问余青："听新闻说上海的房价现在都涨上天了，你的房子在徐汇，很值钱吧！"

"叔，我上个月已经把房子卖了，我们这里现在这么好，房价也不高，最是宜居所在。我换到黄金海岸来，天天望着我的双鱼和我的双鱼岛。"余青望着紫欣，连眼睛里都是笑。

陈紫欣脸颊飞红，她出生于3月中旬，双鱼是她的星座。还在读高中那会儿，星座尚不盛行，但喜欢研究西方文化的余青，那时就常叫紫欣为双鱼公主，他说，双鱼座是十二宫的最后一个星座，个性多情温柔，摩羯座是严谨踏实，一柔一刚最为适配。

陈紫欣举起红酒杯，挡住自己酡红的脸，余青却乘胜追击，他从包里掏出了一份《商品房买卖合同》，说："紫欣，生日快乐！谢谢你给我灵感，给我一个理由留在故乡，让我做一个有根的人，好吗？"陈紫欣扫一眼，那上面竟写着自己的名字。

她看向自己的老父亲笑成菊花的脸，是惯常的慈爱表情，灯光照射下，眼泪泛起一片白光，一辈子，他用爱为女儿撑起晴空，老了,也是该享受的时候了。余青用右手拥过陈父,用左手揽住陈紫欣说:"请相信,现在的我有能力来照顾你们。"陈紫欣在这样温情的承诺里泪眼蒙眬,这一次,她没有挣脱。

  三月春风拂面,余青带陈紫欣和父亲一起出游,上午去普照寺,中午吃渔排,下午爬太武山。傍晚归程,一车人慵懒无语,广播正在播报双鱼岛五一开园的信息,甜美的女声说:"双鱼岛共分为东岛、西岛和中心岛。总体规划布局上西高东低,西动东静,岛名确定为双鱼岛即中国古代极具智慧的天地交泰、阴阳和合的太极双鱼图。同时,鱼与余同音,象征着吉祥富裕,连年有余。"此时,夕照满天,父亲正在后座打盹,陈紫欣看着左侧正全神贯注开车的余青,甜甜地笑了!

  时间对所有的爱情来说真是十分重要,他们爱过错过重逢过,就是这么一个恰到好处的时候,一个人出现,最有可能被成全。陈紫欣和余青,历尽岁月风烟,她是他横了心的峰棱,没有谁比谁好,没有谁配不上谁,这青梅竹马的一对,这沧海桑田的人生,相爱的人,正好又在一起了。

  用一座岛见证一段爱情,以"双鱼"之名许你天荒地老,真是够浪漫的!

/ **你曾来过**

有些人,也许从未与你有过非常快乐美好的时光,但,你知道她无可代替。

许慕铭打来电话的时候,苏景正在办公室里大发雷霆,广东客户下了几十万的订单,原料和包材都已采购到位,谁知道忽然来一句轻轻的抱歉就否决了曾经的口头订单。由于迫切需要业务,苏景屈服于对方不签合同不预付款等等不合理要求,一心一意只想快些有进账,好去救活她岌岌可危的厂子。可是,如此地放低身段,竟然也无法得到圆满的结果,随意一个电话便把她的计划搅成粉碎,社会之现实,让她有欲哭无泪的感觉。

如果有宇在就好了,他的资金,他的才干,都是撑起一个企业的必要因素。可是,因为苏景的硬气,两个人三个月前开始冷战,至今未复。宇已经道歉了,错也不在他,但苏景仍是不想缓和,其实她知道,宇一直都对自己很好,无法进入状态,纯粹属于单方面原因。想到这里,苏景心里更烦,总台小妹问她是否转接电话时,她的声音已经有点歇斯底里了。

你怎么了,在生气?电话那端短短的询问,关切尽致淋漓。

是——慕铭?苏景脱口而出。

你还能听出我的声音啊!慕铭的喜悦循着电话线塞满耳鼓,话里有掩饰不住的兴奋,我在高崎机场,应该离你很近吧?

苏景还没完全从刚才的盛怒中回过神来,不远,我在……话没说完,慕铭就急急说,我现在去找你。

咔嚓一声,电话挂断了,苏景还愣着,叮零零,电话又起。慕铭在那头问,我现在就去找你,会不会冒昧呢?

握着话筒,苏景的思维还是拎不清,五年过去了,毕业后各奔东西,彼此都已过了无端激动的年龄,慕铭为什么会躁急得像个初恋的小毛头?

他们最终约在了会展酒店的咖啡厅见面,这是苏景的决定。她清楚记得在毕业晚宴上,慕铭请她跳了最后的华尔兹,飞快地一圈圈的旋转中,她揪住机会和他聊天。慕铭说他喜欢海,仅此一句,她便记住了永生。

苏景为自己选了那件许久未穿的海蓝色长裙,还在洗手间里朝着镜子训练表情。对慕铭的刻意让苏景暗笑自己,在一起四年的宇都没有得到这种礼遇,真是冤啊!除了苏景自己,没人知道,慕铭曾在她心里掀起过怎样的涟漪。

大学四年,慕铭一直是个大众情人,清俊的外表、挺拔的身材,能文能武,能说会道。听说他的父母都是教授,家里条件很不错,举手投足间浑然洋溢着高知家庭的温文尔雅。这样的人张狂自大倒也罢了,难得的是他还谦恭有礼,文质彬彬。演讲比赛上,他是常胜将军。排球联赛上,有他叱咤的身影。这么多的因素,让他成了女孩心中的白马王子,而他的禅意,却总是一如既往。苏景那时并不是庸常的女子,对慕铭也是心存爱意的,但天生的骄傲让她惯于接受别人的追求,从不开口去示爱。和慕铭曾有过几次交谈,却总也没有深入的迹象,苏景觉得是慕铭不愿,他似乎刻意在控制一个度,有冷落的意思。也许是自己到达不了他的高度,所以无法进入他的内心吧!抱着这样的想法,苏景按捺着一份爱,直至大四那年,和宇开始了自己的初恋。

已经是很久以前的事情了,苏景这时想起却仍是历历在目,窜过一个红灯,她这才从回忆中醒过神来,环岛路的海,已经在眼前了。那样汹涌的波涛,多像苏景正在咚咚跳着的心。

看到慕铭的时候,苏景的心一下子就静了下来,时光仿佛悠远淡定,又回到了有心情听鸟语,有激情看日出的青春时光,只是五年过去了,他们都知道自己已经不是当年纯粹透明的少男少女,彼此的经历让对方多少带了些沧桑的表情,同样也多了一些陌生。

桌对面的慕铭俊朗一如从前,青涩的稚嫩褪去,毫不掩饰地关爱却盈在眼底,苏景怀疑这是自己的错觉。为了掩饰慌乱,苏景很自然地掏了烟来抽,慕铭却一把抢过来,微微皱眉道,Kent,为什么要抽烟,太烈了,对美容不太好吧?

苏景有些尴尬，她不想告诉他，味道浓烈的烟可以比酒更快地麻醉自己，这是抽烟的初衷。但其实自己也早已忘记什么时候学会抽烟，也不知道为什么而抽，可能是为了武装吧，女人创业毕竟是不容易的。

慕铭为苏景点了洋甘菊，小杯斟八分满，还细心地加上一勺蜜，喝着清淡的花茶，听海涛在不远处扑腾，俩人都不说话，苏景在慕铭柔软的目光里，竟然有些醉了。

"今天专程而来，是想给你讲个故事的。"慕铭幽幽的语气带着几分神秘，苏景不由得认真了起来。到这个城市多年，苏景听了数不清的故事，有些是真的，有些是假的，真真假假常常无法判定。人与人之间故事太多，听与不听其实都没有太大的区别，但这个故事是来自于慕铭的，苏景生出了一些期待——慕铭，他是来说爱的吗？

"大二那年，我们几个拜把的哥们在宿舍里坦白心仪对象。顺序是按照床号排列的，我三号，宇哥四号，快轮到我的时候，楼下小卖部喊我接电话。推开宿舍门的时候，宇哥正在进行他的宣秘，他无数次地提到一个名字。"慕铭深吸口气，望着苏景说："是你。"

苏景笑笑，没说话，想起学校时宇对她的百般娇、千般好，一切历历似在昨天。她有些失神了。

慕铭的故事仍在继续，"记得那天上楼，我还碰到了你，你可能刚洗过头，发丝飘过来，很好闻的香气，好像是茉莉花的味道。这几年，我一直在想，如果没有那通电话，如果我先于宇哥说出爱，不知道他会不会把你让给我。"

苏景一下子就呆住了，慕铭喜欢她，竟然！

当年她曾无数次地渴望来自慕铭的爱，因为他的仰之弥高而拼命按捺爱意，竟然毫不察觉两个人如此心近身离，爱离得那么近，却又隔得那么远，只能说命运弄人！

"今天告诉你这些，就算是对过去的缅怀，说不定当年我表白，我们连普通朋友都做不成了。"慕铭笑笑，脸上已经换了表情，"宇哥是个不错的人，你们能在一起，也挺好的。"

苏景摇摇头，不知道说些什么，与宇的爱情只是年少痴狂的附属品，因为无聊因为虚荣因为需要有个人来缓解学业上的压力和想家时的苦闷，爱了就爱了，却终究无法坚持。毕业之后，宇带她来到了厦门，俩人也曾有过一段惺惺相惜的日子，在这座海滨城市里憧憬过明天，可是根基不稳的爱情容易夭折，苏景经常为了小事和宇吵架，以致最后分道扬镳。那样的感情不是真爱，苏景其实早就知晓的。

"慕铭，其实我和宇……"苏景欲言又止，红着脸抿了一大口茶，甜味在顷刻间流遍肺腑，如慕铭带来的这个故事。

"我已经辞掉了沈阳的工作，这次回老家郑州结婚，一个乖巧的幼师，谈了好几年了，和我妈蛮投缘的。你和宇哥，也快了吧？"慕铭带来的第二个意外再次如炸弹爆响，苏景夹烟的手僵在了半空，一时不知该如何动作，半开玩笑的话里已隐隐刻薄，"恭喜啊！"

午后的大海仿佛睡过去一般，寂寂无言。他们也都不再说话，只有时间缓缓流淌，苏景啜着杯中的花茶，身上的甜味却已随着第二个消息全部抽离，心里空空落落。

慕铭租自行车带苏景在环岛路招摇，海风阵阵袭来，凉意微起，爱意也如大海汹涌澎湃，扯住慕铭衬衫后襟的时候，苏景心里潮腻腻的。她本来想告诉慕铭，当年自己爱的其实是他，宇只是精诚所至成了候补；她本来还想告诉慕铭，自己的情况现在十分不好，欠了外债，没了爱人，连续三个月失眠，穷困潦倒在异乡。

可最终，苏景还是沉默，她像当年那个衣轻马肥的翩翩少年一样，在关键时候封住了自己的嘴，也许无奈但也只有如此。苏景知道，对于慕铭来说，爱情不仅仅是爱情，还应该是责任道义和谦恭。沈阳—厦门—郑州，遥遥三地，他绕了一个圈成等边三角形的距离，只为圆年轻时的梦想而来，但很快又将为一双相携的手匆匆而去。学生时代，他会因为兄弟间的情谊放弃自己私心里的感觉，今天他就不会为了没说出口的初恋背负另一个无辜的女子。苏景这样想着，泪就落了下来，她极快地拭去，不给慕铭看到。

在机场的特产商店里，慕铭说要进去买点东西。隔着玻璃门，苏景看到慕铭在和店员说话，说一小会儿，会停下来，专注的样子，还是当年模样。苏景想起了当年学校里那个做事认真、为人忠恳的学生会主席，心里有些牵痛：他会买什么礼物，送给他即将牵手的伊人呢？

"拿着，给你的。"慕铭将一个木盒子一样的大袋子交到苏景手里，柔声说："女孩子应该少抽点烟，如果非要抽的话，你可以选柔和一点的，这箱More，一天只准抽一支，可以抽三年。"

苏景愣了很久，挤出两个"谢谢"后，眼圈就红了。她不想让慕铭看到自己的泪，可是没办法，这眼泪回也回不去，止也止不住，就这样肆无忌惮的，让慕铭的心一点点酸了起来。

慕铭的手环了过来，轻轻揽苏景的肩膀入怀，他说："乖，别哭了。"

宽厚温暖的怀抱，温柔蚀骨的话语，让苏景的泪更加排山倒海，轻轻的抽泣很快变成号啕大哭，众目睽睽下很失风度，她却那么不管不顾。

慕铭一直把苏景抱在怀里，紧紧抱着，这是他从年少时就一直盼望实现的梦。拥她入怀，给她最好的爱，可是，阴差阳错的机缘间隔了这份爱，时间无法倒转，年华里的轮回就是如此残酷的，谁也改变不了。

广播的声音一遍遍催促，慕铭要进"安检"了，他挽着行李袋，随着队伍一点点向前，眼睛却一直望着苏景。忽然他又抽身出来，站在和苏景咫尺的距离，似乎不甘心地问：宇哥对你好吗？

苏景一时语塞，不知做何回答，那一刻，她有随他而去的冲动，抛下这红尘的一切，随爱情而去。不管负债累累的公司，不管十余个患难与共的员工，也不管宇，和曾经与宇相关的一切。可是，苏景做不到这样的决绝，她在这方小岛上耕耘已久，虽不成功，却有无数情感的维系。比如宇，虽然对他没有炽热的爱恋，但那么长时间的惺惺相惜，说不牵挂，肯定是假的，苏景的心，又不是草木。世外桃源、宿世爱侣，这样的美好只存在于武侠世界里，现实生活中，爱情的永续，需天时地利人和。主观的喜爱，还要很多外部因素相辅相成，只有一腔的爱，想是不能。

宇对我，挺不错的，年底，我们大概也会把婚事办了。苏景一字一顿说着，努力让自己笑得粲然。

那我就放心了。慕铭长长吐了一口气，脸上有如释重负的神情。

让他按原计划进行他的婚礼，就是不给他压力吧！苏景望着慕铭的身影消失在安检口，在心里悄悄这样想着。爱情和生存一样不易，真正相爱的两个人最终往往无法走到一起，可以相伴终生的人只是因为合适和那一点点情谊，比如，自己和宇。

城市华灯初上，机场外的草地上，星光如炬，眸光似火，对对情侣执手携坐，心心相印，纯粹自然，是爱情最美好的样子。苏景在这时想起了执着已久的宇的求婚，还有曾经的海誓山盟。

/ 人间颜色

我最亲爱的秘密,并非我闭口不提,只是我无能为力!

素青

刚来这个售楼处没几天，苏凤兮已对"俞小宛"十分熟悉，确切地说，是对这个名字熟悉。听同事说，俞小宛是开发公司的行政主管，清秀俊美，高大挺拔，女人缘极好，所到之处，总不乏秋波流转，媚眼逢迎。

苏凤兮想起宋朝有个歌妓好像也叫这名，心想，难道是个花一样的男子？苏凤兮的心里有鄙夷，有好奇，也有期待。她潜意识等待着俞小宛的到来，等着他，来让自己把这个谜底揭开。

俞小宛大驾光临的那天，售楼处的嗲声陡然升级，5个女孩子鞍前马后地搭着讪，连倒咖啡都踩着猫步。苏凤兮不屑于这样作，躲在销控台，很安静地假装收拾文件。

俞小宛在礼宾座喝咖啡，间或问些行政人事上的问题，小姐们的声音娇得可以出水，像厦门的南风天，潮腻腻的，令人不舒服。苏凤兮觉得有些好笑。

幸好俞小宛问得不多。他是代朋友来看房子的，坐了一会儿，便说要去工地看看。女孩子个个踊跃地要作陪，俞小宛说该轮到谁接应就谁，不要因为是自己人，便坏了售楼处的规矩。

苏凤兮条件反射般站了起来，明显感觉无数把飞刀射过来刺在自己身上。销售主管只得道，苏凤兮，轮到你接客户了。前面这句话是不带任何感情色彩说的，尔后又马上嗲嗲加一句，俞主管是自己人，给他看销控的那几套噢！

苏凤兮就这样看到了站在拱门楹联下的俞小宛，彼时，天已黄昏，夕阳的微光掺杂着将暗的暮色，闪出嫩青的色泽，而俞小宛穿着浅青的衫，藏青的裤，瘦竹清风，连眼神，都让人觉得那样清爽。不知为何，苏凤兮想起了江北老家田垄旁种的青裳树，一时便有些傻了。

俞小宛也看着她，目如朗星，唇间含笑，果真是个迷人的男子。

那个青色的黄昏，就此在苏凤兮的脑海里定了格。那个青色的男子，成为苏凤兮心上初萌的爱恋。而，爱可以是两情相悦，也可以是自己一人的单相思。这样一个众之瞩目的男子，已是无数女子的心中念想，苏凤兮不愿自己成为一个痴傻的仰慕者。但在那夜的日记本里，苏凤兮写下了这样一句话："青青子衿，悠悠我心。"

深蓝

一周后，俞小宛介绍朋友来签下了五套大三房，业绩统统挂在苏凤兮名下，这使得她提前通过试用期，并有了不菲的收入。

正式任用报告下来了，上面有俞小宛龙飞凤舞的签名。苏凤兮欣喜地去复印了一份存着，夜里一个人的时候拿出来看，喜悦或者忧伤，在夜晚的星空下闪烁着，无人可言，无人可语。她于是开了微博，名字叫宛然新生，那上面，鸡毛蒜皮，风吹草动，一颦一笑，全是为俞小宛写下的情思。

暗恋是深蓝的夜色，幽幽的，美美的，那么诱惑！苏凤兮有些欲罢不能了！

项目景观完成，在中庭举办VIP红酒会，俞小宛也来了，他坐在远远的梧桐树下喝酒，很是禅意。盛夏的夜，晚风轻轻托着月色在飘动，低低的天空像一片蓝色织锦，苏凤兮不想再压制自己，她托着杯，一步步走过去，斟了一杯酒，很豪气地一饮而尽，然后说，俞主管，谢谢你，我欠你一个人情！

俞小宛问，那怎么还呢？

苏凤兮连喝了两杯，借着酒劲，媚眼如丝，你难道是要我说以身相许？

俞小宛先是不作声，只笑，尔后幽幽说，窈窕淑女，寤寐求之呀！

路是晃的，人是飘的，酒话让人又醉了一遍。苏凤兮透过高脚杯看俞小宛，他含笑的眼眸竟然也是深蓝的色泽，这样的一个夜，苏凤兮怎么可能再装淑女，她不停地喝着说着笑着，不一会儿，便倒在了一堆酒瓶子中间。

大班虾兵蟹将满场飞，没人注意到暗处的他们，俞小宛抱起苏凤兮往停车场走。

爱无须多语，一个怀抱，已经可以说明问题！

火红

窗外，市树凤凰开成了火一样绚烂的色泽。苏凤兮和俞小宛，也像一团火，天天燃在一起，整日整夜，一点不腻。一见钟情的爱，真的像干柴遇烈火，轰轰烈烈，浩浩荡荡，恨不得灰烬了自己，只让对方得到快乐。

俞小宛去北京进修，苏凤兮执意要作陪，没有理由请这样长的假，她竟然谎称老家至亲病重需作陪。那时候，项目二期开盘，一个月不在，意味着少卖了多少房子，她心里自然明白。但是，爱让人疯狂，这样黏稠到化不开的感觉，不是热恋的人，不会懂。

那趟旅程像蜜月，除了上课，他们都在一起卿卿我我，他带她去"息霞西山"吃晚餐，这是苏凤兮多次从时尚杂志看到的神往之地，冬天是个滑雪场，夏天夜夜满天星，而彼时是秋天，满山的红叶，像火一样热烈。许多艺术家聚居于此，许多精致迷人的餐厅像小花房，点缀山间。他们在山上露营，相偎着坐在岩石上观星，四周安静若天籁，只听见彼此的呼吸声。后来，苏凤兮睡了过去，半夜醒来，看到俞小宛撑着上半身，正在深情地盯着自己看。她笑着拉起薄毯钻进去，俞小宛隔着毯子抱她，说，你太好看了，永远也看不厌，我不能想象有一天不爱你。这句高糖分的话，让苏凤兮的心里顷刻注满蜜。她想自己也不可能不爱这个男人，除非不再爱男人了。

几乎每个谈恋爱的人，都要说一些傻话。没办法，恋爱就是一个犯傻的过程，明明有些话说出来，事后自己都肉麻，但在当时，一点不觉得。

苏凤兮问，公司允许内部员工谈恋爱吗？

俞小宛答，我不是财务，你不是出纳，当然可以。只是还得暂时保密。

苏凤兮乖巧地点点头，又问，你信基督教，我信佛教，这会不会影响？

俞小宛答，我们是谈恋爱，不是谈信仰呀！

他吻着苏凤兮，轻咬耳垂说，释迦牟尼送你来，上帝派我认识你，他们早就商量好了。回去等我升了职，我们就结婚。

夜风吹树，沙沙作响，即便是在暗夜，苏凤兮也清楚地看到了，满山红叶，如火如霞，如同他们正心心相印的热烈的爱情。

苍黄

北京回来，日子大约又过了半年。俞小宛的职一直没有升上去，却被调到了福州的办事处去支援。紧接着，苏凤兮也被推上了风口浪尖，销售主管给她定的任务天天加码，一个月的量竟然达到了4000平方米。4000平方米大约等量于50套的房子，项目已到了尾盘期，布达这样的任务明显是刁难。苏凤兮正想着是否要硬气立马走人，对方又皮笑肉不笑加一句，这事恐怕俞主管也没法帮你，苏大美人要靠自己的能耐噢！

世上原没有不透风的墙，苏凤兮心中一凛，主管又接着说，老板的侄女青睐俞主管很久了，所以姐妹们才手下留情，别以为大家都是吃素的。

这个才是那个天量任务的导火索，苏凤兮骨子里的好胜被挑了起来。她决定要留下来,尽力完成这个高难度任务,做一次漂亮的绝地反击。

为了达成任务,苏凤兮天天在外面行销,白天在街上派报拉客户,中午去和中介谈业绩分成,晚上则做登门拜访叩客。她没有时间想俞小宛,俞小宛也一直没回来,偶尔的电话寥寥数语,例行公事般,说完便挂机。

大约一个月后,俞小宛回来了一趟,第一天俩人都忙没有见上面,第二天晚上才约好去以前常去的莲花路口的那家煎蟹店。店主熟稔唤,俞先生俞太太好久没来了。俩人笑笑,却明显有了尴尬,而更尴尬的是,在等煎蟹上来的时候,俞小宛睡着了,他先是一手支在桌上撑着头,一手按着睛明穴,接着就不再说话。煎蟹送上来的时候,苏凤兮听到他打起的鼾声,才确定他已经熟睡。

多么荒诞,他们已经一个月没有见面。阔别后的约会,他在她面前睡着了,就是这个男人,八个月前,还曾经半夜起来看她的睡容,说不能想象有一天会不爱她。

残酷的现实让爱情降温,生活历来是把锋利的刀,爱情在它面前,不是体无完肤,就是落荒而逃!

这真的不是危言耸听。

灰白

30天卖50套房,苏凤兮做到了。当她在第31天揣着一摞合同进售楼处时,以铁腕著称的大老板朱总,已经等在了那里,笑眯眯。

销售总监室,所有的人都被请了出去。苏凤兮第一次坐上那套意大利进口的真皮沙发,心里说不清悲喜。

朱总说,小苏,你很有能耐,也很肯干,如果你愿意,这个房间以后就是你的办公室了,公司也正考虑为你配一部车。

付出就会得到回报,真的仅仅是这样吗?苏凤兮不是三岁黄毛丫头。

果然,朱总接着又说,小俞现在那边也挺好的,我侄女儿美国回来,很多职位随她挑,她就愿意给小俞当助理,没办法。其实啊,好的男人很多,女孩儿如果事业做得好,有没有男人也是一样的。

看吧,狐狸的尾巴炫出来了,苏凤兮却不敢冷笑,只觉得悲凉。

苏凤兮当天就往福州赶,她没有给俞小宛打电话,叫了车直奔他住的小区,三楼阳台,挂着熟悉的户外兵站的整套行头,仍旧是浅青的衫,藏青的裤,却被玻璃的光影,衬成了灰白,有些蒙尘的不清爽的感觉。而,这套户外装束的旁边,挂着一条碎花长裙,艳丽的花色,张扬成了青春正好的模样。

流言,原不是空穴来风!苏凤兮不过想要一场纯良甜蜜的爱,却不知为何,遭遇如此这般的复杂?但,知道事情的真相,总好过粉饰后的虚伪太平。现实是硕大的一盏千瓦明灯,只要不是逆着光,每个人的瑕疵都会被照得清清楚楚。你侬我侬,卿卿我我,是因为距离或者新鲜感,时间催情老,所有的花都会开到荼蘼,所有的情都会由浓转淡,谁能抵挡光阴似水一样漫过来,一点点稀释曾经的情稠似蜜?

上帝不能,佛不能!

俞小宛不能,苏凤兮也不能!

彼时,苏凤兮的心里,关于爱情和事业,终于有了最后的判决,这让她觉得欣慰。

肃黑

苏凤兮拦了的士回厦门,暗夜的高速公路,车窗外一团肃黑。

她用大衣包裹起自己，静静感受着黑暗带来的妥帖与安宁。江湖子弟红颜老，没有这位老板嫡亲，也有大把的女子排队候着。男人是成长型的绩优股，大多越老越迷人，而女人，如果菟丝花一样委身于一个男人，十有八九是悲剧。

　　汝以香饵诱之，吾以性命取之。苏凤兮念着这些古老的词句，觉得自己还没到那么惨的境地。没有了爱情，也还有大把的钱和美好前程等着，能够自立的女子，情伤成分总是不大的。她没必要像痴心女子一样痴缠，她也不可能那样做，因为那明显不是她想要的生活。于是，她给俞小宛发短信，说，对不起，我爱上了别人，你也可以自便。

　　良久，俞小宛回过来一个"噢"字，无可无不可！苏凤兮在后座无声冷笑，她想着，回去的第一件事，就是打开电脑，关了微博，让那一程的热恋都还原成无色。

　　是的，任何一段缠绵的迷恋终敌不过滚滚红尘。李碧华不是说过吗，那些情情义义、恩恩怨怨、卿卿我我，都瑰丽莫名，根本不是人间颜色。人生不是涂了脂粉的脸！

爱是你心里的力量

杨秀晖

断断续续写了一段时间的小说，觉得讲故事真是一件特别好玩的事。生活中看到的一人一物一情一景，都可以揉入到小说中。和散文相比，小说更快意恩仇，也更无所顾忌。你可以不爱说话，不爱聊天，所有的情绪都在故事中表达，浅薄与否，高兴就好吧，人生本来就是百态。且喜，这些故事可以结集成书，让更多的人看见。我要感谢文联与作协的领导，感谢"珍珠湾文丛"的评审主席们，感谢亲自作序的林志远先生，及其为这本书付出努力和帮助的各位好朋友们。

书中的25个故事，来自朋友，来自读者，也来自虚构。那些爱别离、求不得与怨憎会，大概都曾有现实层面的立基点，会带着生活中的情绪，会有一些人的影子。一辈子那么长，谁没有爱过一两个错的人，谁又没有做过一两件错的事？置身车水马龙的现世，人们会遇到如此这般的难题与焦虑，不知不觉间，改变生活改变心境改变与周围人的亲密关系，甚至，改变了爱与婚姻。

这真是很糟糕的事呢，又听说现在的人，已经不拘囿一定要结婚，他们热衷于赚更多的钱，做更好的自己。出人头地，冲锋陷阵，把买房买车当做天下第一要务，已极少有人愿意为爱全情付出。

但，每次参加婚宴，还是一样要感动得稀里哗啦，为现场气氛，为彼时情境，也为那一句句动人的情话。不怀疑每位新人在婚礼上的真诚,也支持爱转身就凉时一个人好好走自己的路。没有人是故意要变心的,爱的时候是真的爱,不爱的时候也是真的不爱,没有办法,这是人性最真实的呈现。

年轻时,爱依赖眼神,出于直觉的惊鸿一瞥,就可以"如鲸向海,如鸟投林"。年纪越大,越把理智和利己看得重要,视感性和浪漫为幼稚,名利物欲第一,还追求俩俩对等。

当然,爱的本质本来也不应是占有。爱是牵挂,是寄托,是信仰,当你爱着与爱相关的所有感觉,信奉世上终有美好的情愫存在,你的心里,就有了与这个世界和解的无穷力量。

这股力量让你身处陋巷也能闻到花香,浩瀚人海中自带金光。

这股力量让你每天穿越拥挤的人潮,在喧哗浮躁的都市间,找到自己的存在。

爱因短暂而珍贵,它像一道光,让艰辛的生活裂开了一条缝,让所有灰暗都变得亮堂。爱消融对过去曾经遭遇的恨意和唏嘘,摒弃对未来不确定的彷徨与犹疑。爱使人坚定,并相信这世间终存美好。

如此,爱是自己的事,和别人并不攸关。不知此时翻着书的你,是否也和我有相同的感受?